STANISLAW PONTE PRETA
Dois amigos e um chato

STANISLAW PONTE PRETA
Dois amigos e um chato

3ª edição

© STANISLAW PONTE PRETA, 2013
SÉRGIO MARCOS RANGEL PORTO (SÉRGIO PORTO)
1ª edição 1985
2ª edição 2003

COORDENAÇÃO EDITORIAL Maristela Petrili de Almeida Leite
EDIÇÃO DE TEXTO Carolina Leite de Souza, Marília Mendes
COORDENAÇÃO DE PRODUÇÃO GRÁFICA Dalva Fumiko
COORDENAÇÃO DE REVISÃO Elaine Cristina del Nero
REVISÃO Lílian Semenichin
COORDENAÇÃO DE EDIÇÃO DE ARTE Camila Fiorenza
PROJETO GRÁFICO Camila Fiorenza
ILUSTRAÇÃO DE CAPA Gilmar
DIAGRAMAÇÃO Cristina Uetake, Elisa Nogueira
PRÉ-IMPRESSÃO Fabio N Precendo
COORDENAÇÃO DE PRODUÇÃO INDUSTRIAL Arlete Bacic de Araújo Silva
IMPRESSÃO E ACABAMENTO Log&Print Gráfica e Logística S.A.
LOTE 754689
CODIGO 12084530

Dados Internacionais de Catalogação na Publicação (CIP)
(Câmara Brasileira do Livro, SP, Brasil)

Ponte Preta, Stanislaw, 1923-1968.
  Dois amigos e um chato / Stanislaw Ponte Preta. —
3. ed. — São Paulo : Moderna, 2013. —
(Coleção veredas)

ISBN 978-85-16-08453-0

1. Crônicas — Literatura infantojuvenil
I. Título. II. Série.

12-13978   CDD-028.5

Índices para catálogo sistemático:
1. Literatura infantojuvenil 028.5
2. Literatura juvenil 028.5

Reprodução proibida. Art.184 do Código Penal e Lei 9.610 de 19 de fevereiro de 1998.

Todos os direitos reservados

EDITORA MODERNA LTDA.
Rua Padre Adelino, 758 - Belenzinho
São Paulo - SP - Brasil - CEP 03303-904
Vendas e Atendimento: Tel. (11) 2790-1300
www.modernaliteratura.com.br
2022

Sumário

1. Pedro — o homem da flor, 9
2. Caixinha de música, 13
3. O homem ao lado, 18
4. A nós o coração suplementar, 22
5. Dois amigos e um chato, 25
6. A vontade do falecido, 28
7. Testemunha tranquila, 32
8. O leitão de Santo Antônio, 35
9. Testemunha ocular, 39
10. Cara ou coroa, 44
11. Brasil, 2063, 49
12. Inferno nacional, 53
13. Do teatro de Mirinho (a burocracia do buraco), 56
14. Repórter policial, 62
15. A velha contrabandista, 67
16. A garota-propaganda, coitadinha!, 70
17. O milagre, 74
18. Latricério (com o perdão da palavra), 78
19. O menino que chupou a bala errada, 82
20. O boateiro, 84

21. Ladrões estilistas, 86
22. Prova falsa, 90
23. Panaceia indígena, 93
24. O suicídio de Rosamundo, 95
25. Zezinho e o Coronel, 98
26. O sabiá do Almirante, 103
27. Um quadro, 106
28. Fábula dos dois leões, 110
29. Conto de mistério, 113
30. Divisão, 116
31. Garoto linha dura, 119
32. A ignorância ao alcance de todos, 122
33. O psicanalisado, 126
34. À beira-mar, 128
35. Levantadores de copo, 131
36. Vamos acabar com esta folga, 134
37. "Vai descer?!", 136
38. Cartãozinho de Natal, 139
39. Ano-Bom, 144

Pedro — o homem da flor

Se você se enquadra entre aqueles que se dizem boêmios ou, pelo menos, entre aqueles que costumam ir, de vez em quando, a um desses muitos barzinhos elegantes de Copacabana, é provável que já tenha visto alguma vez Pedro — o homem da flor. Se, ao contrário, você é de dormir cedo, então não. Então você nunca viu Pedro — o homem da flor — porque jamais ele circulou de dia a não ser lá, na sua favela do Esqueleto.

Quando anoitece Pedro pega a sua clássica cestinha, enche de flores, cujas hastes teve o cuidado de enrolar em papel prateado, e sai do barraco rumo a Copacabana, onde fica até alta madrugada, entrando nos bares — em todos os bares, porque Pedro conhece todos — vendendo rosas. Quando a cesta fica vazia, Pedro conta a féria e vai comer qualquer coisa no botequim mais próximo. Depois volta para casa como qualquer funcionário público que tivesse cumprido zelosamente sua tarefa, na repartição a que serve.

Conversei uma vez com Pedro — o homem da flor. Já o vinha observando quando era o caso de estar num bar em que ele entrava. Via-o chegar e dirigir-se às mesas em que havia um casal. Pedia licença e estendia a cesta sobre a mesa. Psicologia aplicada, dirão vocês, pois qual o homem que se nega a oferecer uma flor à moça que o acompanha, quando se lhe apresenta a oportunidade? Sim, talvez Pedro seja um bom psicólogo mas, mais do que isso, é um romântico. Quando o homem mete a mão no bolso e pergunta quanto custa a flor, depois de ofertá-la à companheira, Pedro responde com um sorriso:

— Dá o que o senhor quiser, moço. Flor não tem preço.

Como eu ia dizendo, conversei uma vez com Pedro e, desse dia em diante, temos conversado muitas vezes.

Ele sabe de coisas. Sabe, por exemplo, que a rosa branca encanta as mulheres morenas, enquanto que as louras, invariavelmente, preferem rosas vermelhas. Fiel às suas observações, é incapaz de oferecer rosas brancas às mulheres louras, ou vice-versa. Se entra num bar e as flores de sua cesta são todas de uma só cor, não coincidindo com o gosto comum às mulheres presentes, nem chega a oferecer sua mercadoria. Vira as costas e sai em demanda de outro bar, onde estejam mulheres louras, ou morenas, se for o caso.

O pequeno buquê de violetas — quando as há — é carinhosamente arrumado pelas suas mãos grossas de operário, assim como também as hastes prateadas das rosas. Saibam todos os que se fizeram fregueses de Pedro — o homem da flor — que aquele papel prateado artisticamente preso na haste das rosas e que tanto encanta as moças foi antes um prosaico papel de maços de cigarros vazios, que o próprio Pedro recolheu por aí, nas suas andanças pela madrugada.

Sei que Pedro ama a sua profissão, tira dela o seu sustento, mas acima de tudo esforça-se por dignificá-la. Não vê que seria um mero mercador de flores! Lembro-me da vez em que, entrando pelo escuro do bar, trouxe nas mãos a última rosa branca para a moça morena que bebia calada entre dois homens. Quando os três levantaram a cabeça ante a sua presença, pudemos notar —

eu, ele e as demais pessoas presentes — que a moça era linda, de uma beleza comovente, suave, mas impressionante. Pedro estendeu-lhe a rosa sem dizer uma palavra e, quando um dos rapazes quis pagar-lhe, respondeu que absolutamente não era nada. Dava-se por muito feliz por ter tido a oportunidade de oferecer aquela flor à moça que ali estava. E sem ousar olhar novamente para ela, disse:

— Mais flores daria se mais flores eu tivesse!

Assim é Pedro — o homem da flor. Discreto, sorridente e amável, mesmo na sua pobreza. Vende flores quase sempre e oferece flores quando se emociona. Foi o que aconteceu na noite em que, mal chegado a Copacabana, viu o povo que rodeava o corpo do homem morto, vítima de um mal súbito. Só depois é que se soube que Pedro o conhecia do tempo em que era porteiro de um bar no Lido. Na hora não. Na hora ninguém compreendeu, embora todos se comovessem com seu gesto, ali abaixado a colocar todas as suas flores sobre as mãos do homem morto. Pois foi o que Pedro fez, voltando em seguida para a sua favela do Esqueleto.

Naquela noite não trabalhou.

Caixinha de música

Que Deus perdoe a todos aqueles que cometem a injustiça de achar que são fantasiosas as histórias que a gente escreve; que Deus os perdoe porque são absolutamente verídicos os momentos vividos pelo vosso humilde cronista e que aqui vão relatados.

Foi há dias, pela manhã, que fui surpreendido pelo pedido da garotinha: queria que eu trouxesse uma nova bonequinha com música. Bonequinha com música — fica desde já esclarecido — são essas caixinhas de música com uma bailarina de matéria plástica rodopiando por cima. É um brinquedo caríssimo e que as crianças estraçalham logo, com uma ferocidade de *center-forward*.

Como a garotinha está com coqueluche, achei que seria justo fazer-lhe a vontade, mesmo porque este é o primeiro pedido sério que ela me faz, se excetuarmos os constantes apelos de pirulitos e kibons.

Assim, logo que deixei a redação, às cinco da tarde, tratei de espiar as vitrinas das lojas de brinquedos, em busca de uma caixinha de música mais em conta. E nessa peregrinação andei mais de uma hora, sem me decidir por esta ou aquela, já adivinhando o preço de cada uma, até que, vencido pelo cansaço, entrei numa casa que me pareceu mais modestinha.

Puro engano. O que havia de mais barato no gênero custava oitocentos cruzeiros, restando-me apenas remotas possibilidades de êxito, num pedido de desconto. Mesmo assim tentei. Disse que era um absurdo, que um brinquedo tão frágil devia custar a metade, usei enfim de todos os argumentos cabíveis, sem conseguir o abatimento de um centavo.

Depois foi a vez do caixeiro. Profissional consciencioso, foi-lhe fácil falar muito mais do que eu.

— O doutor compreende. Isto é uma pequena obra de arte e o preço mal paga o trabalho do artista. Veja que beleza de linhas, que sonoridade de música. E a mulherzinha que dança, doutor, é uma gracinha.

Pensei cá comigo que, realmente, as perninhas eram razoáveis, mas já ia dizer-lhe que existem mulheres verdadeiras por preço muito mais acessível, quando ele terminou a sua exposição com uma taxativa recusa:

— Sinto muito, doutor, mas não pode ser.

E eu, num gesto heroico, muito superior às minhas reais possibilidades, falei, num tom enérgico:

— Embrulhe!

Devidamente empacotada a caixinha de música, botei-a debaixo do braço, paguei com o dinheiro que no dia seguinte seria do dentista e saí à cata de condução. Dobrei a esquina e parei na beira da calçada, no bolo de gente que esperava o sinal "abrir" para atravessar. Foi quando a caixinha começou a tocar.

Balancei furtivamente com o braço, na esperança de fazê-la parar e, longe disso, ela desembestou num frenético *Danúbio azul* que surpreendeu a todos que me rodeavam. Primeiro risinhos esparsos, depois gargalhadas sinceras que teriam me encabulado se eu, com muita presença de espírito, não ficasse também a olhar em volta, como quem procura saber donde vinha a valsinha.

Quando o sinal abriu, pulei na frente do bolo que se formara junto ao meio-fio e foi com alívio que notei, ao chegar na outra calçada, que a música parara. Felizmente acabara a corda e eu podia entrar sossegado na fila do lotação, sem passar por nenhum vexame.

Mas foi a fila engrossar e a caixinha começou outra vez.

"O jeito é assoviar" — pensei. E tratei de abafar o som com o meu assovio que, modéstia à parte, é até bastante afinado. Mesmo assim, o cavalheiro de óculos que estava à minha frente virou-se para trás com ares de incomodado, olhando-me de alto a baixo com inequívoca expressão de censura. Fiz-me de desentendido e continuei o quanto pude, apesar de não saber a segunda parte do *Danúbio azul* e ser obrigado a inventar uma, sem qualquer esperança de futuros direitos autorais. E já estava com ameaça de cãibra no lábio, quando despontou o lotação, no justo momento em que a música parou.

Entrei e fui sentar encolhido num banco onde se encontrava uma mocinha magrinha, porém não de todo desinteressante. Fiquei a fazer mil e um pedidos aos céus para que aquele maldito engenho não começasse outra vez a dar espetáculo. E tudo teria saído bem se, na altura do Flamengo, um camarada do primeiro banco não tocasse a campainha para o carro parar. Com o solavanco da freada, o embrulho sacudiu no meu colo e os acordes iniciais da valsa se fizeram ouvir, para espanto da mocinha não de todo desinteressante. Sorri-lhe o melhor dos meus sorrisos e ter-lhe-ia mesmo explicado o que se passava se ela, cansada talvez de passados galanteios, não tivesse me interpretado mal. Fez uma cara de desprezo, murmurou um raivoso "engraçadinho" e foi sentar-se no lugar que vagou.

Dali até a esquina de minha rua, fui o mais sonoro dos passageiros de lotação que registra a história da linha "Estrada de Ferro–Leblon". O *Danúbio azul* foi bisado uma porção de vezes, só parando quando entrei no elevador. Já então sentia-me compensado de tudo. A surpresa que faria à garotinha me alegrava o bastante para esquecer as recentes desventuras.

Entrei em casa triunfante, de embrulho em riste a berrar:

— Adivinhe o que papai trouxe?

Rasguei o papel, tirei o presente e dei corda, enquanto ela, encantada, pulava em torno de mim. Mas até agora, passadas 72 horas, a caixinha ainda não tocou.

Enguiçou.

O homem ao lado

O homem ao lado estava chorando!
    Sentado, no ônibus, eu era o único passageiro que viajava consciente das suas lágrimas. Ninguém notara o homem que chorava. Iam todos distraídos, em demanda dos seus destinos, uns olhando a paisagem, outros absortos nos seus jornais; num banco adiante, dois senhores graves conversavam em voz baixa.

Ninguém sabia de nada, ninguém suspeitava, porque o seu choro não era o choro nervoso dos que soluçam, nem o choro lamuriento dos que choramingam. As lágrimas caíam devagar, descendo pelo sulco que outras lágrimas fizeram — brilhante — no seu rosto. De vez em quando, fechava os olhos, apertando as pálpebras. Depois, como que tentando reagir ao sofrimento, abria-os novamente, para revelar um olhar ausente, de quem tem o pensamento longe.

O carro seguia o seu caminho, célere, correndo macio sobre o asfalto da praia de Botafogo. O homem olhou o mar, a claridade feriu-lhe a vista. Desviou-a. Acendeu um cigarro e deixou-o esquecido no canto dos lábios, de raro em raro puxando uma tragada.

Ajudar o homem que chorava, perguntar-lhe por quê, distraí-lo. Pensei em puxar conversa e senti-me um intruso. Demonstrando saber que ele chorava, talvez o fizesse parar. Mas como agir, se ele parecia ignorar a todos, não ver ninguém?

Ajudar era difícil, distraí-lo também. Quanto a perguntar-lhe por que chorava, não me pareceu justo. Ou, pelo menos, não me pareceu honesto. Um homem como aquele, que mantinha tanta dignidade, mesmo chorando, devia ser um homem duro, cujas lágrimas são guardadas para o inevitável, para a saturação do sofrimento, como um derradeiro esforço para amenizar a amargura.

Lembrei-me da pergunta que uma pessoa curiosa fez há muito tempo. Queria saber se eu já havia chorado alguma vez. Respondi-lhe que sim, que todo mundo chora, e ela quis saber por quê. Tentando satisfazer a sua curiosidade, descobri que é mais fácil a gente explicar por que chora quando não está chorando.

— Um homem que não chora tem mil razões para chorar — respondi.

O amigo perdido para nunca mais; o que poderia ter sido e que não foi; saudades; mulher, quando merece e, às vezes, até sem merecer; há quem chore por solidariedade.

O homem ao meu lado acende outro cigarro, dá uma longa tragada e joga-o pela janela. Passa a mão no queixo, ajeita os cabelos. Já não chora mais, embora seu rosto másculo revele ainda um sentimento de dor.

Em frente à casa de flores, faz sinal para o ônibus parar. É também o lugar onde devo desembarcar e — mais por curiosidade do que por coincidência — seguimos os dois quase lado a lado. Na calçada, faz meia-volta, caminha uma quadra para trás e entra na mesma casa de flores por onde passáramos há pouco.

Disfarçadamente entro também e finjo-me interessado num buquê de crisântemos que está na vitrina. Sem dar pela minha presença, dirige-se ao florista e pede qualquer coisa que não consegui perceber o que era. O florista aponta-lhe um grande vaso cheio de rosas e ele, ao vê-las, quase sorri. Depois escreve umas palavras num cartão, entrega-o ao florista, quando este lhe pergunta se não estará lá para ver a coroa. O homem balança a cabeça devagar e, antes de sair, diz:

— Eu já chorei bastante...

E acrescenta:

— ... felizmente!

A nós o coração suplementar

Quem anuncia é um cientista chamado Adrian Kantrowitz. O homem se propõe a utilizar um tubo de borracha, ligado à corrente sanguínea, através do qual é automaticamente posto a funcionar um aparelho elétrico fora do corpo, que ajudará o funcionamento do coração, quando este começar a ratear, seja por falta de forças, seja por excesso de trabalho. A isto o cientista dá o nome de "coração suplementar".

Bonito nome, hem? Coração Suplementar! Claro, o doutor falou que seu experimento poderá ser aperfeiçoado a ponto de cada um, um dia, poder adquirir o seu coração suplementar. E então a gente fica imaginando como seria bom se esse coração, além de ajudar o funcionamento do coração principal nas suas funções fisiológicas, ajudasse também nas suas funções sentimentais.

Ah... como isto seria admirável! Um coração suplementar para satisfazer a doce amada, com quem gostaríamos de deixar o coração durante todas as horas, as alegres e as tristes, as decisivas ou as dúbias, as certas ou as indefinidas, qualquer hora enfim, porque a ela pertence o nosso coração que pulsa sentimento.

Mas ele mora num quarto conjugado junto com aquele que pulsa sangue e que é preciso levar para o ouro e o pão; impossível separá-los na dura lida, que onde vai um vai outro, unidos e tão inúteis um para o outro, em seus destinos tão diversos.

Meu Deus, como eu estou hoje!

Que venha o coração suplementar e que o doutor seja tão genial a ponto de definir as funções dando a um os prosaicos afazeres e ao outro as lidas do sentimento. E que o suplementar fique sendo aquele e o principal fique sendo este.

E aí então, oh, meu amor, você não vai reclamar mais a angústia maior da minha ausência, porque eu chegarei feliz para dizer que tenho de ir ali e volto já, mas acrescentando com toda a sinceridade d'alma:

— Até já, querida! Deixo aqui contigo o meu coração principal!

Dois amigos e um chato

O s dois estavam tomando um cafezinho no boteco da esquina, antes de partirem para as suas respectivas repartições. Um tinha um nome fácil: era o Zé. O outro tinha um nome desses de dar cãibra em língua de crioulo: era o Flaudemíglio.

Acabado o café, o Zé perguntou: — Vais pra cidade?

— Vou — respondeu Flaudemíglio, acrescentando: — Mas vou pegar o 434, que vai pela Lapa. Eu tenho que entregar uma urinazinha de minha mulher no laboratório da Associação, que é ali na Mem de Sá.

Zé acendeu um cigarro e olhou para a fila do 474, que ia direto pro centro e, por isso, era a fila mais piruada. Tinha gente às pampas.

— Vens comigo? — quis saber Flaudemíglio.

— Não — disse o Zé: — Eu estou atrasado e vou pegar um direto ao centro.

— Então tá — concordou Flaudemíglio, olhando para a outra esquina e, vendo que já vinha o que passava pela Lapa: — Chi! Lá vem o meu... — e correu para o ponto de parada, fazendo sinal para o ônibus parar.

Foi aí que, segurando o guarda-chuva, um embrulho e mais o vidrinho da urinazinha (como ele carinhosamente chamava o material recolhido pela mulher na véspera para o exame de laboratório...), foi aí que o Flaudemíglio se atrapalhou e deixou cair algo no chão.

O motorista, com aquela delicadeza peculiar à classe, já ia botando o carro em movimento, não dando tempo ao passageiro para apanhar o que caíra. Flaudemíglio só teve tempo de berrar para o amigo: — Zé, caiu minha carteira de identidade. Apanha e me entrega logo mais.

O 434 seguiu e Zé atravessou a rua, para apanhar a carteira do outro. Já estava chegando perto quando um cidadão magrela e antipático e, ainda por cima, com sorriso de Juraci Magalhães, apanhou a carteira de Flaudemíglio.

— Por favor, cavalheiro, esta carteira é de um amigo meu — disse o Zé estendendo a mão.

Mas o que tinha sorriso de Juraci não entregou. Examinou a carteira e depois perguntou: — Como é o nome do seu amigo?

— Flaudemíglio — respondeu o Zé.

— Flaudemíglio de quê? — insistiu o chato.

Mas o Zé deu-lhe um safanão e tomou-lhe a carteira, dizendo: — Ora, seu cretino, quem acerta Flaudemíglio não precisa acertar mais nada!

A vontade
do falecido

Seu Irineu Boaventura não era tão bem-aventurado assim, pois sua saúde não era lá para que se diga. Pelo contrário, seu Irineu ultimamente já tava até curvando a espinha, tendo merecido, por parte de vizinhos mais irreverentes, o significativo apelido de "Pé na Cova". Se digo significativo é porque seu Irineu Boaventura realmente já dava a impressão de que, muito brevemente, iria comer capim pela raiz, isto é, iam plantar ele e botar um jardinzinho por cima.

Se havia expectativa em torno do passamento do seu Irineu? Havia sim. O velho tinha os seus guardados. Não eram bens imóveis, pois seu Irineu conhecia de sobra Altamirando, seu sobrinho, e sabia que, se comprasse terreno, o nefando parente se instalaria nele sem a menor cerimônia. De mais a mais, o velho era antigão: não comprava o que não precisava e nem dava dinheiro por papel pintado. Dessa forma, não possuía bens imóveis, nem ações, debêntures e outras bossas. A erva dele era viva. Tudo guardado em pacotinhos, num cofrão verde que ele tinha no escritório.

Nessa erva é que a parentada botava olho grande, com os mais afoitos entregando-se ao feio vício do puxa-saquismo, principalmente depois que o velho começou a ficar com aquela cor de uma bonita tonalidade cadavérica. O sobrinho, embora mais mau-caráter do que o resto da família, foi o que teve a atitude mais leal, porque, numa tarde em que seu Irineu tossia muito, perguntou assim de supetão:

— Titio, se o senhor puser o bloco na rua, pra quem é que fica o seu dinheiro, hem?

O velho, engasgado de ódio, chegou a perder a tonalidade cadavérica e ficar levemente ruborizado, respondendo com voz rouca:

— Na hora em que eu morrer, você vai ver, seu cretino.

Alguns dias depois, deu-se o evento. Seu Irineu pisou no prego e esvaziou. Apanhou um resfriado, do resfriado passou à pneumonia, da pneumonia passou ao estado de coma e do estado de coma não passou mais. Levou pau e foi reprovado. Um médico do SAMDU, muito a contragosto, compareceu ao local e deu o atestado de óbito.

— Bota titio na mesa da sala de visitas — aconselhou Altamirando; e começou o velório. Tudo que era parente com razoáveis esperanças de herança foi velar o morto. Mesmo parentes desesperançados compareceram ao ato fúnebre, porque estas coisas vocês sabem como são: velho rico, solteirão, rende sempre um dinheirão. Horas antes do enterro, abriram o cofrão verde onde havia sessenta milhões em cruzeiros, vinte em pacotinhos de "Tiradentes" e quarenta em pacotinhos de "Santos Dumont":

— O velho tinha menos dinheiro do que eu pensava — disse alto o sobrinho.

E logo adiante acrescentava baixinho:

— Vai ver, gastava com mulher.

Se gastava ou não, nunca se soube. Tomou-se — isto sim — conhecimento de uma carta que estava cuidadosamente colocada dentro do cofre, sobre o dinheiro. E na carta o velho dizia: "Quero ser enterrado junto com a quantia existente nesse cofre, que é tudo o que eu possuo e que foi ganho com o suor do meu rosto, sem a ajuda de parente vagabundo nenhum". E, por baixo, a assinatura com firma reconhecida para não haver dúvida: Irineu de Carvalho Pinto Boaventura.

Pra quê! Nunca se chorou tanto num velório sem se ligar pro morto. A parentada chorava às pampas, mas não apareceu ninguém com peito para desrespeitar a vontade do falecido. Estava todo mundo vigiando todo mundo, e lá foram aquelas notas novinhas arrumadas ao lado do corpo, dentro do caixão.

Foi quase na hora do corpo sair. Desde o momento em que se tomou conhecimento do que a carta dizia, que Altamirando imaginava um jeito de passar o morto pra trás. Era muita sopa deixar aquele dinheiro ali pro velho gastar com minhoca. Pensou, pensou e, na hora que iam fechar o caixão, ele deu o grito de "pera aí". Tirou os sessenta milhões de dentro do caixão, fez um cheque da mesma importância, jogou lá dentro e disse "fecha".

— Se ele precisar, mais tarde desconta o cheque no Banco.

Testemunha
tranquila

O camarada chegou assim com ar suspeito, olhou pros lados e — como não parecia ter ninguém por perto — forçou a porta do apartamento e entrou. Eu estava parado olhando, para ver no que ia dar aquilo. Na verdade eu estava vendo nitidamente toda a cena e senti que o camarada era um mau-caráter.

E foi batata. Entrou no apartamento e olhou em volta. Penumbra total. Caminhou até o telefone e desligou com cuidado, na certa para que o aparelho não tocasse enquanto ele estivesse ali. Isto — pensei — é porque ele não quer que ninguém note a sua presença: logo, só pode ser um ladrão, ou coisa assim.

Mas não era. Se fosse ladrão estaria revistando as gavetas, mexendo em tudo, procurando coisas para levar. O cara — ao contrário — parecia morar perfeitamente no ambiente, pois mesmo na penumbra se orientou muito bem e andou desembaraçado até uma poltrona, onde sentou e ficou quieto:

— Pior que ladrão. Esse cara deve ser um assassino e está esperando alguém chegar para matar — eu tornei a pensar e me lembro (inclusive) que cheguei a suspirar aliviado por não conhecer o homem e — portanto — ser difícil que ele estivesse esperando por mim. Pensamento bobo, de resto, pois eu não tinha nada a ver com aquilo.

De repente ele se retesou na cadeira. Passos no corredor. Os passos, ou melhor, a pessoa que dava os passos, parou em frente à porta do apartamento. O detalhe era visível pela réstia de luz, que vinha por baixo da porta.

Som de chave na fechadura e a porta se abriu lentamente e logo a silhueta de uma mulher se desenhou contra a luz. Bonita ou feia? — pensei eu. Pois era uma graça, meus caros. Quando ela acendeu a luz da sala é que eu pude ver. Era boa às pampas. Quando viu o cara na poltrona ainda tentou recuar, mas ele avançou e fechou a porta com um pontapé... e eu ali olhando. Fechou a porta, caminhou em direção à bonitinha e pataco... tacou-lhe a primeira bolacha. Ela estremeceu nos alicerces e pimba... tacou outra.

Os caros leitores perguntarão: — E você? Assistindo àquilo tudo sem tomar uma atitude? — a pergunta é razoável. Eu tomei uma atitude, realmente. Desliguei a televisão, a imagem dos dois desapareceu e eu fui dormir.

O leitão de Santo Antônio

O vigário rosado, gordo e satisfeito, queridíssimo dos paroquianos daquela cidadezinha, não teria maiores problemas para pastorar suas ovelhas, não fora o mistério do cofre de Santo Antônio. Era um povo quieto, sem vícios, cidade sem fofocas, salvo as pequeninas, entre comadres. E o bom padre controlava a coisa, ouvindo uma, perdoando outra, em nome de Deus.

Mas havia o mistério do cofre de Santo Antônio!

Tudo começou no dia em que o padre resolveu colocar, ele mesmo, uma notinha de vinte cruzeiros, novinha em folha, dessas que saem logo depois de uma revolução, em emissão especial para pagar as despesas democráticas. O padre notou que seus paroquianos não contribuíam muito para o cofre que ficava ao pé da imagem de Santo Antônio e então tratou de colocar ali a nota de vinte cruzeiros, na base do chamariz. Admitia a possibilidade de os fiéis, ao verem a contribuição "espontânea", contribuírem também.

E qual não foi a sua preocupação no dia seguinte, ao recolher as contribuições nos diversos cofres da igreja, notar que os vinte cruzeiros tinham ido pra cucuia? Alguém (e não fora Santo Antônio, evidentemente) passara no cofre antes do padre.

Aquilo era grave. Desde que fora designado para aquela paróquia, nunca soubera de um caso de roubo, em toda a cidade. Pelo contrário, a população orgulhava-se de dormir sem trancas. E agora surgia aquele problema. O cofre de Santo Antônio era o que ficava mais perto da porta e devia ser esta a causa de estar sempre vazio. O ladrão se viciara em roubá-lo. Devia estar fazendo isto há muito tempo, o que explicava a falta de óbolos, que o padre não sabia roubados até o dia em que resolveu incentivar os fiéis com a sua própria notinha de vinte.

Naquele domingo, preocupado com as consequências de seu sermão, o padre andava de um lado para outro, na sacristia. Tinha de arranjar um jeito de avisar ao ladrão de que já era senhor de suas atividades, mas não devia magoar o povo com a notícia de que, na comunidade, havia um gatuno. Isto poderia indignar de tal maneira a todos, que a vida pacata da cidadezinha ficaria comprometida pela indignação dos "sherlocks", pois é sabido que de médico e louco (e detetive) todos nós temos um pouco.

O padre fez o sinal da cruz e atravessou o átrio para dizer sua missa. Já tinha tudo planejado. Na hora do sermão, pigarreou e contou que Santo Antônio lhe aparecera em sonho, para agradecer a preferência de certo cristão daquela cidade, que sempre que podia deixava uma esmola gorda para os pobres e ainda "limpava" o cofre, possivelmente em sinal de contrição.

O sermão acabou e ninguém notou que o verbo "limpar" tinha sido usado com segundas intenções, mas o padre tinha certeza de que o ladrão se mancara. Mais cedo ou mais tarde viria contrito confessar-se. E — para reforçar sua tese — naquela tarde o cofre de Santo Antônio estava cheio de moedinhas.

Passaram-se alguns dias. Certa manhã o padre viu chegar o velho que tomava conta da estação. Era um negro forte, de cabelo grisalho, muito tranquilo até a hora de largar o serviço, ocasião em que entrava na tendinha e enchia a cara. O negro chegou amparando uma bruta bandeja. Parou na frente do padre e explicou:

— Seu padre, eu também andei sonhando com Santo Antônio.

— Não me diga! — exclamou o padre, fingindo estranheza, mas já certo que aquele era o ladrão, com remorsos.

— Mas é verdade. Sonhei com Santo Antônio e soube que o santo anda com vontade de comer um leitãozinho. Eu estava engordando este aqui para o meu aniversário. Ele já está gordo e eu já tenho idade bastante para não comemorar mais nada.

Dito o quê, descobriu a bandeja e apareceu o mais apetitoso dos leitõezinhos, assado em forno de lenha. O padre sentiu o cheiro gostoso do seu prato preferido. Mas aguentou firme e disse pro preto:

— Deixa a bandeja aí na sacristia que eu entrego o leitão pro santo.

O bom ladrão obedeceu. Deixou a bandeja e voltou para casa de alma leve. Mas o padre também era um excelente sujeito. Minutos depois, o menino que fazia as vezes do sacristão na igreja chegava à porta com um recado do padre:

— Seu vigário mandou dizer — falou o moleque — que Santo Antônio está de dieta e que é pro sinhô ir comer o leitãozinho com ele, logo mais.

Foi um santo jantar.

Testemunha ocular

Ele estava no aeroporto. Acabara de chegar e ia tomar o avião para o Rio. Sim, porque esta história aconteceu em São Paulo. Ele acabara de chegar ao aeroporto, como ficou dito, quando viu um homem que se dirigia com passos largos, pisando duro, em direção à moça que estava ao seu lado, na fila para apanhar a confirmação de viagem. O sujeito chegou e não falou muito. Disse apenas:

— Sua ingrata. Não pense que vai fugir de mim assim não — e, no que disse isso, tacou a mão na mocinha. Essa não era tão mocinha assim, pois soltou um xingamento desses que não se leva para casa nem quando se mora em pensão. E lascou a bolsa na cara do homem. Os dois se atracaram no mais belo estilo vale-tudo e ele — que assistia de perto — tentou separar o beliçoso casal. Houve o natural tumulto, veio gente, veio um guarda e a coisa acabou como acaba sempre: tudo no distrito.

Tudo no distrito, inclusive ele, que já ia tomar o avião, mas que teve de ir também, convocado pela autoridade na qualidade de testemunha ocular.

Em frente à mesa do comissário (um baixinho de bigode, doido para acabar com aquilo) o casal continuou discutindo e o homem mentiu, afirmando que fora agredido pela mulher. Ele — muito cônscio de sua condição de testemunha ocular — protestou:

— Não é verdade, seu comissário. Eu vi tudo. Foi ele que avançou para ela e deu um bofetão.

— CALE-SE!!! — berrou o comissário.

— Mas é que...

— CALE-SE!!! — tornou a berrar o distinto policial, com aquele tom educado das autoridades policiais.

Ele calou-se, já lamentando horrivelmente ter sido arrolado como testemunha ocular. Ficou calado, preferindo que todos se esquecessem de sua presença, e ia-se dando muito bem com esta jogada até o momento em que a mulher que apanhara apontou para ele e disse para o comissário:

— Se esse cretino não se tivesse metido, não tinha acontecido nada disto.

— Eu??? — estranhou ele, apontando para o próprio peito.

— O senhor mesmo, seu intrometido.

— Mas foi ele quem a agrediu, minha senhora.

— Mentira — berrou o homem. — Eu apenas fui lá para impedir o embarque dela para a casa dos pais. Tivemos uma briguinha sem importância em casa e ela, coitadinha, que anda muito nervosa, quis voltar para a casa dos pais. (Dito isto, abraçou a mulher que pouco antes chamara de ingrata e premiara com uma bolacha. Ela se aconchegou no abraço, a sem-vergonha.)

E ele ali, num misto de palhaço e testemunha ocular. Quis apelar para o guarda que o trouxera, mas este já retornara ao posto. Estava a procurá-lo com um olhar circulante pela sala, quando ouviu o comissário mandando o casal embora.

— Tratem de fazer as pazes e não perturbar em público.

O casal agradeceu e saiu abraçado, tendo a mulher, ao virar-se, lançado-lhe um olhar de profundo desprezo. E, quando os dois saíram, virou-se para o comissário e sorriu:

— Doutor, palavra de honra que eu...

Mas o comissário cortou-lhe a frase com um novo berro. Em seguida aconselhou-o a não se meter mais em encrencas por causa de briguinhas sem importância entre casais em lua de mel.

— Eu só vim aqui para ajudar — admitiu ele, com certa dignidade.

— CALE-SE!!! — berrou o comissário: — E some daqui antes que eu o prenda...

Não precisou ouvir segunda ordem. Apanhou a valise e saiu com ódio de si mesmo. "Benfeito" — ia pensando — "que é que eu tinha que entrar nessa encrenca?". Entrou em casa chateado, ainda mais porque perdera o avião e a hora em que tinha de estar no Rio para assinar as escrituras com o corretor. Tratou de afrouxar o laço da gravata e pedir uma ligação interurbana, a fim de dar uma explicação ao patrão.

Somente no dia seguinte retornou ao aeroporto para fazer a viagem. Saiu de casa cedo e foi para a esquina apanhar um táxi. Foi quando houve o assalto. Ia passando por um café quando três sujeitos saíram lá de dentro, atirando a esmo, para abrir caminho. Ele — coitado — ficou entre os três, com a mão na cabeça sem saber se corria ou se encolhia. Os assaltantes entraram num carro que já os aguardava de motor ligado e sumiram no fim da rua. Logo acorreram pessoas de todos os lados, na base do que foi, do que não foi. Um guarda tentava saber o que acontecera, quando um senhor gordo, que parecia ser o dono do bar assaltado, apontou para ele e disse:

— Seu guarda, esse homem viu tudo. Os assaltantes passaram por ele.

O guarda se encaminhou para ele e perguntou:

— O senhor viu quando eles deram os tiros?

E ele, com a cara mais cínica do mundo:

— Tiros? Que tiros???

Cara ou coroa

Cara — Meu marido é um homem muito regrado, queridinha. Dorme sempre cedo, não fuma e não bebe uma gota.

Coroa — Pressão arterial.

Cara — O jogo foi pontilhado de incidentes, com jogadas bruscas de ambos os times, chegando os jogadores às agressões mútuas, sob o olhar complacente do árbitro.

Coroa — Jogo amistoso.

Cara — Tu é besta, seu! A moçada num fizero nada por causa de que faltou fibra, tá? Se é o meu ali eles entrava bem.

Coroa — Rubro-negro.

Cara — Você me encontra às três no café e vamos até lá bater um papo com ele. Depois, se você quiser, podemos ir a um cinema qualquer pra fazer hora.

Coroa — Funcionário público.

Cara — Que bobagem. Comemos um sanduíche e pronto, estamos almoçados. Comer em restaurante demora muito.

Coroa — Véspera de pagamento.

Cara — Essas bebidas estrangeiras são de morte. É tudo falsificado. A mim é que elas não pegam. Sempre que posso evitar de tomar uísque, gim e outras bombas, eu evito.

Coroa — Cachaceiro.

Cara — Meu bem, sou eu... Olha, você vai jantando e não precisa se incomodar de guardar comida para mim. O chefe resolveu adiantar aqui uns processos e eu estou com cerimônia de me mandar e deixá-lo sozinho na repartição.

Coroa — Boate.

Cara — É o cúmulo a importância que os semanários dão a essas mocinhas do Arpoador. Umas sirigaitas muito sem-vergonhas, tirando retrato quase nuas, para essas reportagens frívolas. Eu, hem?

Coroa — Feia.

Cara — O aumento do custo de vida no Brasil é uma consequência lógica do desenvolvimento do País, insuflado pelo crescimento da população e outros fenômenos dos quais só podemos nos orgulhar.

Coroa — Rico.

Cara — As crianças de hoje devem ser educadas através de métodos da moderna pedagogia, baseados em estudos da psicologia infantil. Na fase atual é um verdadeiro crime os pais gritarem ou baterem nos filhos.

Coroa — Solteira.

Cara — Trago comigo recortes com comentários sobre as minhas atuações. Gostei imensamente de lá. Eles adoram a bossa-nova e eu só não fiquei mais tempo porque senti saudades da nossa terra.

Coroa — Cantor voltando do estrangeiro.

Cara — A beldade em questão é professora diplomada e relutou muito em aceitar o convite para se candidatar, pois adora o magistério. Lê muito e seu ator favorito é Somerset Maugham, adora poesia e gosta de praia. Não joga, não fuma e não bebe.

Coroa — Candidata a *miss*.

Cara — O Rio é muito mais lindo do que imaginava. Copacabana é um sonho das *Mil e uma noites* que se tornou realidade. O Pão de Açúcar é uma beleza e, quando voltar ao Brasil, gostaria de ir ver Brasília.

Coroa — Visitante ilustre, no Galeão.

Cara — Um dia ainda hei de me dedicar ao lar, sem prejuízo de minha carreira.

Coroa — Atriz.

Cara — Minha peça é uma sátira aos costumes modernos, pois minha intenção era dar um cunho social à trama. A mensagem nela contida é o protesto popular contra as injustiças da sociedade.

Coroa — Autor estreante.

Cara — Os compromissos que assumimos para com o povo nos obrigam a combater as forças imperialistas, o capital colonizador, os grandes trustes, toda e qualquer opressão sobre o operariado e suas justas reivindicações.

Coroa — Deputado da esquerda.

Cara — É nosso dever combater sem tréguas as constantes tentativas de subverter as massas, as sistemáticas infiltrações no meio das classes operárias, os falsos representantes do povo, que se arvoram em seus defensores para fins inequívocos.

Coroa — Deputado da direita.

Cara — Tudo faremos pela vitória. Um abraço para os meus familiares.

Coroa — Jogador de futebol.

Brasil, 2063

O filho perdera o foguete das sete para o colégio e passara o dia inteiro em casa, chateando. Agora pedia para ir brincar um pouco lá fora, antes do jantar, e a jovem senhora concordou. Ajeitou a camisa de plástico antirradioativo do garoto e recomendou: — Mas brinque aqui mesmo na Terra, hein?! Seu pai não gosta que você atravesse a galáxia sozinho.

Voltou para o quarto e sentou-se desanimada diante do espelho. Depois começou a passar o removedor atômico no rosto. A folhinha eletrônica em cima da mesinha marcava a data: 30 de julho de 2012. Fazia trinta anos naquele dia e se sentia uma velha, apesar de sua bela aparência. E pôs-se a pensar no presente de aniversário que o marido lhe dera: uma bonita vitrola superestereofônica tridimensional. "Não sei onde vamos parar com esses preços" — disse para si mesma, pois sabia que o marido, pelo plano Creditex, dera dois bilhões de cruzeiros de entrada.

Ouviu o videofone tocar e logo depois sentiu a presença do mordomo invisível no quarto. A voz respeitosamente informou que era para ela. Mandou que o empregado ligasse a tomada para o seu quarto e, enquanto sentia que ele se retirava, considerou que precisava chamar a atenção do mordomo para o bafo alcoólico que deixava no ar. Provavelmente dera outra vez para chupar dropes de uísque durante as horas de trabalho.

Agora a voz familiar de sua amiga Mariazinha dizia "alô" e logo depois sua cara gorda aparecia no retângulo do videofone: — Querida — dizia ela — eu te videofonei para dar os parabéns pelo dia de hoje.

A outra agradeceu e ficaram a conversar sobre essas coisas que as mulheres vêm conversando há séculos sem o menor esmorecimento. De repente, a cara gorda se iluminou com um sorriso: — Você sabe que eu descobri uma decoradora formidável e baratíssima? — E frisou: — Baratíssima! — E, vendo o interesse da amiga, contou que mandara restaurar o radar da sala de jantar e que a decoradora fizera um trabalho que é um amor.

— Me dá o endereço — pediu a aniversariante.

— Local X 120 HV, 985º andar. — E como a amiga não se lembrasse onde era o Local X 120, esclareceu: — antiga praça San Thiago Dantas.

Conversaram ainda sobre problemas domésticos e Mariazinha ficou sabendo que a amiga estava sem cozinheira.

Mandara a antiga embora, porque dera para queimar as pílulas do jantar a ponto de tornar a refeição intragável. Tanto assim que iam aproveitar o aniversário para comer fora: — Vamos à pílula-dançante do Country. — Isso, naturalmente, se o marido chegasse em casa cedo, o que era improvável, pois o helicóptero dele estava na oficina e, na hora do *rush*, sabe como é, esses aviadores somem e não há um helicóptero de aluguel para servir as pessoas.

Mariazinha ainda conversou um pouquinho. Contou o escândalo da véspera, quando um deputado se desentendera com o Corbisier Neto e puxara uma pistola atômica para alvejar o político petebista. Felizmente a turma do deixa-disso impedira que o coitado fosse desintegrado no plenário. Em seguida Mariazinha se despediu.

Desligando o videofone, voltou à sua toalete mais animada um pouco pela conversa da outra. Mariazinha era uma mulherzinha decidida, que nunca perdia o bom humor, apesar da tragédia de que fora vítima: o marido cometera "sexídio". Tomara um remédio para virar mulher.

E estava na sala a ler o romance de um escritor do século passado — um clássico novecentista — quando o marido chegou. Vinha esfalfado, com uma cara de quem fizera um esforço fora do comum.

— Já sei que não vamos à pílula-dançante — disse ela.

— De jeito nenhum, minha filha — respondeu o marido. — Imagine que o cérebro eletrônico do escritório enguiçou e eu passei o dia inteiro pensando sozinho.

A mulher suspirou de desânimo e murmurou chateada: — Com esse governo que anda aí, nada funciona direito no Brasil.

Inferno nacional

A historinha abaixo transcrita surgiu no folclore de Belo Horizonte e foi contada lá, numa versão política. Não é o nosso caso. Vai contada aqui no seu mais puro estilo folclórico, sem maiores rodeios.

Diz que era uma vez um camarada que abotoou o paletó. Em vida o falecido foi muito dado à falcatrua, chegou a ser candidato a vereador pelo PTB, foi diretor de instituto de previdência, foi amigo do Tenório, enfim... ao morrer nem conversou: foi direto para o Inferno. Em lá chegando, pediu audiência a Satanás e perguntou:

— Qual é o lance aqui?

Satanás explicou que o Inferno estava dividido em diversos departamentos, cada um administrado por um país, mas o falecido não precisava ficar no departamento administrado pelo seu país de origem. Podia ficar no departamento do país que escolhesse. Ele agradeceu muito e disse a Satanás que ia dar uma voltinha para escolher o seu departamento.

Está claro que saiu do gabinete do Diabo e foi logo para o departamento dos Estados Unidos, achando que lá devia ser mais organizado o inferninho que lhe caberia para toda a eternidade. Entrou no departamento dos Estados Unidos e perguntou como era o regime ali.

— Quinhentas chibatadas pela manhã, depois passar duas horas num forno de duzentos graus. Na parte da tarde: ficar numa geladeira de cem graus abaixo de zero até as três horas, e voltar ao forno de duzentos graus.

O falecido ficou besta e tratou de cair fora, em busca de um departamento menos rigoroso. Esteve no da

Rússia, no do Japão, no da França, mas era tudo a mesma coisa. Foi aí que lhe informaram que tudo era igual: a divisão em departamento era apenas para facilitar o serviço no Inferno, mas em todo lugar o regime era o mesmo: quinhentas chibatadas pela manhã, forno de duzentos graus durante o dia e geladeira de cem graus abaixo de zero pela tarde.

O falecido já caminhava desconsolado por uma rua infernal, quando viu um departamento escrito na porta: Brasil. E notou que a fila à entrada era maior do que a dos outros departamentos. Pensou com suas chaminhas: "Aqui tem peixe por debaixo do angu". Entrou na fila e começou a chatear o camarada da frente, perguntando por que a fila era maior e os enfileirados menos tristes. O camarada da frente fingia que não ouvia, mas ele tanto insistiu que o outro, com medo de chamarem a atenção, disse baixinho:

— Fica na moita, e não espalha não. O forno daqui está quebrado e a geladeira anda meio enguiçada. Não dá mais de trinta e cinco graus por dia.

— E as quinhentas chibatadas? — perguntou o falecido.

— Ah... o sujeito encarregado desse serviço vem aqui de manhã, assina o ponto e cai fora.

Do teatro de Mirinho (a burocracia do buraco)

Ato único

Cena — Na repartição onde se aceita reclamação sobre buraco.

Personagens — Funcionário que anota buraco e cidadão que reclama buraco.

Cenário — Quando o pano abre, o palco mostra uma repartição comum, dessas repartições estaduais, onde mosca treina aviação e onde se junta um monte de funcionários, esperando a hora de ir para casa. Ao centro, uma mesa com a inscrição "Buracos Aqui". O funcionário está sentado à margem dessa mesa, fingindo que escreve. O espetáculo começa quando entra o cidadão, vestindo terno, pasta debaixo do braço. Tem cara de quem acredita no Estado.

Cidadão — *(Entrando e parando ao lado da mesa)* Boa tarde!

Funcionário — *(Levantando a cabeça e olhando para o cidadão de alto a baixo)* Boa tarde!

Cidadão — Na minha rua tem um buraco.

Funcionário — Um só???

Cidadão — Bom... na verdade tem uma porção de buracos, mas este de que eu falo não é mais um buraco.

Funcionário — O senhor está querendo me gozar?

Cidadão — *(Colocando a mão no ombro do funcionário, com medo que ele vá tomar café antes de o atender)* O senhor não me entendeu.

Funcionário — *(Já tomando aquele ar de superioridade que tinham os funcionários cariocas em 1959 a.C. — isto é, antes de Carlos)* Entendi perfeitamente... O senhor chegou aqui dizendo que tinha um buraco.

Cidadão — Eu não. A minha rua.

Funcionário — Pois não... a sua rua. O senhor disse que tinha um buraco, depois que já não era mais buraco. Afinal, qual é o assunto? É buraco?

Cidadão — Sim, buraco. O senhor não me deixou explicar direito. Eu quis dizer que aquilo já não é mais buraco.

Funcionário — Taparam o buraco?

Cidadão — Pior... Era um buraco pequeno *(faz o gesto)*, enfim, um buraquinho. Foi crescendo, crescendo, agora é um buracão.

Funcionário — É o maior buraco do bairro?

Cidadão — *(Orgulhoso e de peito estufado que nem o Amando da Fonseca)* Modéstia à parte, não é por estar na minha presença não, mas lá na redondeza não tem rua com um buraco igual ao da nossa rua.

Funcionário — É preciso acabar com essa proteção.

Cidadão — *(Voltando ao ar humilde)* O senhor sabe... eu ouvi dizer que a gente deve colaborar pra "Operação-Buraco".

Funcionário — *(Vestindo o paletó)* Meu amigo, eu estou de saída.

Cidadão — Mas eu não vejo mais ninguém aqui, para me atender.

Funcionário — É que metade tem horário de mãe de família, como eu, e a outra metade tem horário de quem mora longe.

Cidadão — Que pena. Eu queria tanto colaborar!

Funcionário — O senhor deixa aí nome e endereço.

Cidadão — Do buraco?

Funcionário — Que buraco, seu? O senhor parece tatu. Só pensa em buraco. Onde já se viu buraco com endereço?

Cidadão — Mas esse de que eu falo, tem. É lá perto de casa.

Funcionário — Bem em frente à sua casa?

Cidadão — Não, senhor. O buraco é mais em cima.

Funcionário — O senhor conhece bem o buraco?

Cidadão — Se eu conheço? *(Ar de superioridade)* Meu amigo, desde pequenino que eu conheço. Crescemos juntos. O buraco é muito popular lá no meu bairro. Vão até inaugurar uma linha de ônibus para lá.

Funcionário — Linha de ônibus?

Cidadão — Sim, senhor: "Mauá–Buraco, Via Jacaré".

Funcionário — Pelo jeito esse buraco acaba elegendo um deputado. Só falta falar.

Cidadão — Pela idade que tem, já era pra falar.

Funcionário — Tão antigo assim?

Cidadão — O buraco hoje faz vinte anos.

Funcionário — Hoje??? Então vamos comemorar. *(Cantam o parabéns)*

Funcionário — *(Abotoando o paletó)* Pois, meu amigo, tive imenso prazer em conhecê-lo. Recomende-me ao buraco. Que esta data se reproduza por muitos e muitos anos.

Cidadão — O senhor vai embora?

Funcionário — Eu tenho que levar minha esposa ao médico.

Cidadão — O senhor não disse que tinha horário de mãe de família?

Funcionário — Ou isso.

Cidadão — *(Agarrando o outro pelo braço)* O senhor não vai sair sem me atender.

Funcionário — *(Tentando se desprender e visivelmente irritado)* Me larga, poxa! O senhor pensa que só o seu buraco é que interessa ao governador? Fique sabendo que buraco é que não falta. *(Apoplético):* Eu já sei o que o senhor quer. Eu já estou farto de ouvir sempre a mesma coisa. *(Aos berros):* O senhor quer é que a gente tape o buraco, não é?

Cidadão — *(Começa a rir)* Eu não venho pedir para tapar buraco nenhum. Eu apenas represento o comitê lá da minha rua.

Funcionário — E não é pra tapar o buraco?

Cidadão — Não, senhor. O comitê está estudando o problema e quer saber.

Funcionário — Saber o quê?

Cidadão — Saber oficialmente. Quer que esta nova repartição — já que é especializada em buraco — resolva.

Funcionário — Mas resolva o quê, seu chato?

Cidadão — Se é o buraco que fica na nossa rua ou é a nossa rua que fica no buraco.

(Cai o pano esburacado e os atores caem no buraco do ponto)

Repórter policial

Estávamos fazendo hora para ir pra nossa aula de agogô, ouvindo o *Concerto em ré maior — Opus 77*, de Johannes Brahms, executado por Fritz Kreisler com a Orquestra da Ópera de Berlim, sob a direção do maestro Leo Blech (queiram perdoar), quando surgiu em nossa modesta mansão conhecida dama do mundanismo (e aqui somos obrigados a abrir mais um parêntese para pedir encarecidamente a vocês que não confundam dama do mundanismo com mundana simples, pois, embora seus processos sejam semelhantes, há uma diferença sutil entre elas).

Onde estávamos mesmo? Ah, sim... com a dama do mundanismo. Ela chegou e começou a conversar muito animada e nós, na impossibilidade de desligá-la, desligamos Johannes Brahms, ficamos a escutá-la. Vanja vai, Vanja vem, o assunto passou a ser imprensa. A elegante senhora é — com o perdão da palavra — tarada por noticiário policial. Quis saber se já fomos repórter policial, coisa que confirmamos com um leve rubor a assomar na face, como são escolhidas as notícias sangrentas da imprensa idem, quais os cobras dessa imprensa e outros blá-blá-blás.

Da conversa que tivemos acho interessante passar aos distintos leitores, que me honram com a sua preferência, alguns aspectos da história desses jornais que são impressos com sangue e onde abundam os repórteres amásios do escândalo. E, se dizemos amásios e não amantes, é para estar ao gosto deles.

O repórter policial, tal como o locutor esportivo, é um camarada que fala uma língua especial, imposta pela contingência: quanto mais cocoroca, melhor. Assim como o locutor esportivo jamais chamou nada pelo nome comum, assim também o repórter policial é um entortado literário. Nessa classe, os que se prezam nunca chamariam um hospital de hospital. De jeito nenhum. É nosocômio. Nunca, em tempo algum, qualquer vítima de atropelamento, tentativa de morte, conflito, briga ou simples indisposição intestinal foi parar num hospital. Só vai pra nosocômio.

E assim sucessivamente. Qualquer cidadão que vai à polícia prestar declarações que possam ajudá-la numa diligência (apelido que eles puseram no ato de investigar), é logo apelidado de testemunha-chave. Suspeito é "Mister X", advogado é causídico, soldado é militar, marinheiro é naval, copeira é doméstica e, conforme esteja deitada a vítima de um crime — de costas ou de barriga pra baixo — fica numa destas duas incômodas posições: decúbito dorsal ou decúbito ventral.

Num crime descrito pela imprensa sangrenta a vítima nunca se vestiu. A vítima trajava. Todo mundo se veste, tirante a Luz del Fuego, mas basta virar vítima de crime, que a rapaziada sadia ignora o verbo comum e mete lá: "A vítima trajava terno azul e gravata do mesmo tom". Eis, portanto, que é preciso estar acostumado ao *métier* para morar no noticiário policial. Como os locutores esportivos, a Delegacia do Imposto de Renda, os guardas de trânsito, as mulheres dos outros, os repórteres policiais nasceram para complicar a vida da gente. Se um porco morde a perna de um caixeiro de uma dessas casas da banha, por exemplo, é batata... a manchete no dia seguinte tá lá: "Suíno atacou comerciário".

Outro detalhezinho interessante: se a vítima de uma agressão morre, tá legal, mas se — ao contrário —

em vez de morrer fica estendida no asfalto, está indefectivelmente prostrada. Podia estar caída, derrubada ou mesmo derribada, mas um repórter de crime não vai trair a classe assim à toa. E castiga na página: "Naval prostrou desafeto com certeira facada". Desafeto — para os que são novos na turma — devemos explicar que é inimigo, adversário etc. E mais: se morre na hora, tá certo; do contrário, morrerá invariavelmente ao dar entrada na sala de operações.

De como vive a imprensa sangrenta, é fácil explicar. Vive da desgraça alheia, em fotos ampliadas. Um repórter de polícia, quando está sem notícia, fica na redação, telefonando pras delegacias distritais ou para os hospitais, perdão, para os nosocômios, onde sempre tem um cumpincha de plantão. O cumpincha atende lá, e ele fala: "Alô, é do Quinto? Fala Fulano. Alguma novidade? O quê? Estupro? Oba! Vou já para aí". Ou então é pro pronto-socorro: "Alô. É Fulano, da *Luta*. Sim. Atropelamento? Ah... mas sem fratura exposta não interessa".

E há também a concorrência entre os coleguinhas da crônica sangrenta. Primo Altamirando, quando trabalhou nesse setor, se fez notar pela sua indiscutível capacidade profissional para o posto. Um dia, ele telefonou para o secretário do jornal:

— Alô, quem está falando é Mirinho. Olha, manda um fotógrafo aqui na estação de Cordovil, pra fotografar um cara.

— Que é que houve?

— Foi atropelado pelo trem, está todo esmigalhado. Vai dar uma fotografia linda para a primeira página.

— O cadáver está sem cabeça?

— Não.

— Então não vale a pena.

— Não diga isso, chefe. Mande o fotógrafo que, até ele chegar, eu dou jeito de arrancar a cabeça do falecido.

A velha contrabandista

Diz que era uma velhinha que sabia andar de lambreta. Todo dia ela passava pela fronteira montada na lambreta, com um bruto saco atrás da lambreta. O pessoal da alfândega — tudo malandro velho — começou a desconfiar da velhinha.

Um dia, quando ela vinha na lambreta com o saco atrás, o fiscal da alfândega mandou ela parar. A velhinha parou e então o fiscal perguntou assim pra ela:

— Escuta aqui, vovozinha, a senhora passa por aqui todo dia, com esse saco aí atrás. Que diabo a senhora leva nesse saco?

A velhinha sorriu com os poucos dentes que lhe restavam e mais os outros, que ela adquirira no odontólogo, e respondeu:

— É areia!

Aí quem sorriu foi o fiscal. Achou que não era areia nenhuma e mandou a velhinha saltar da lambreta para examinar o saco. A velhinha saltou, o fiscal esvaziou o saco e dentro só tinha areia. Muito encabulado, ordenou à velhinha que fosse em frente. Ela montou na lambreta e foi embora, com o saco de areia atrás.

Mas o fiscal ficou desconfiado ainda. Talvez a velhinha passasse um dia com areia e no outro com muamba, dentro daquele maldito saco. No dia seguinte, quando ela passou na lambreta com o saco atrás, o fiscal mandou parar outra vez. Perguntou o que é que ela levava no saco e ela respondeu que era areia, uai! O fiscal examinou e era mesmo. Durante um mês seguido o fiscal interceptou a velhinha e, todas as vezes, o que ela levava no saco era areia.

Diz que foi aí que o fiscal se chateou:

— Olha, vovozinha, eu sou fiscal de alfândega com quarenta anos de serviço. Manjo essa coisa de contrabando pra burro. Ninguém me tira da cabeça que a senhora é contrabandista.

— Mas no saco só tem areia! — insistiu a velhinha. E já ia tocar a lambreta, quando o fiscal propôs:

— Eu prometo à senhora que deixo a senhora passar. Não dou parte, não apreendo, não conto nada a ninguém, mas a senhora vai me dizer: qual é o contrabando que a senhora está passando por aqui todos os dias?

— O senhor promete que não "espaia"? — quis saber a velhinha.

— Juro — respondeu o fiscal.

— É lambreta.

A garota-propaganda, coitadinha!

Já passava das oito horas da manhã e a garota-propaganda dormia gostosamente sobre o seu colchão de Vulcaspuma, macio e confortável, que não enruga nem encolhe, facilmente removível e lavável. Foi quando o relógio despertador começou a tilintar irritantemente (Você nunca dará corda num Mido).

A pobrezinha, que tivera de aguentar a cantada de um patrocinador de programa (Agência Galo de Ouro — quem não anuncia se esconde) que prometera um cachê melhor, caso ela ficasse efetiva na programação, levantou-se meio tonta. Fora dormir inda agorinha. Estremunhada, entrou no banheiro, colocou pasta de dentes na escova e pôs-se a escovar com força. Ah... que agradável sensação de bem-estar!

Depois do banho, abriu a cortina do box, que parece linho mas é linholene, e foi até a cozinha tomar um copo de leite. Tinha que estar pronta em seguida para decorar páginas e páginas de texto que apanhara na véspera, no departamento comercial da televisão. Abriu a geladeira de sete pés, toda impermeável, com muito mais espaço interior e que você pode adquirir dando a sua velha de entrada (a sua velha geladeira, naturalmente). Dentro não havia leite: — Não faz mal — pensou (Tudo que se faz com leite, com Pulvolaque se faz).

O diabo é que também não tinha Pulvolaque. Procurou no armário uma lata daquele outro que se dissolve sem bater, mas também não achou. Tomou então um cafezinho mesmo e correu ao quarto para se vestir e arrumar o cômodo o mais depressa possível. Iria à cidade apanhar os textos de uma outra agência que precisavam ser decorados até as três, além disso tinha que almoçar com um diretor de TV, a quem fingia aceitar a corte para poder ser escalada nos programas.

Arrumou as coisas assim na base do mais ou menos. Fechou o sofá-cama, um lindo móvel que ocupa muito menos espaço em sua residência, e procurou o vestido verde que comprara no Credifácil, onde você adquire agora e só começará a pagar muito depois. O vestido não estava no armário. Lembrou-se então que o deixara na véspera dentro da pia, embebido na água com Rinso, e o diabo é que o vestido, como ficou dito, era verde. Se fosse branco, depois ficaria explicado por que a roupa dela é muito mais branca do que a minha.

Eram onze e meia quando chegou à cidade, graças à carona que pegara. Saltou da camioneta com tração dianteira e muito mais resistente, fez todas as coisas que precisava fazer numa velocidade espantosa e entregou-se ao suplício de almoçar com o diretor de TV.

Ali estão os dois, escolhendo o *menu*. Ele pediu massa e perguntou se ela também queria (Aimoré você conhece — pensou ela), mas preferiu outra coisa. Garota-propaganda não pode engordar. Comeu rapidamente e aceitou o copo de leite que o garçom sugeriu. Afinal, não o tomara pela manhã. Foi botar na boca e ver logo que era leite em pó, em pó, em pó...

Às três horas o programa das donas de casa. Às quatro, o teleteste que distribui brindes para você. De cinco às oito, decorar outros textos, de oito e meia às dez, tome de sorriso na frente da câmera, a jurar que a liquidação anunciada era uma ma-ra-vi-lha. Aceite o meu conselho e vá verificar pessoalmente. Mas note bem. É só até o dia 30.

Quase meia-noite e ela tendo de dançar com "seu" Pereira, do *Espetáculo Biscoiteste*. Um velho chato, mas muito bonzinho. O diabo era aquele perfume que saía do cangote de seu par. Um perfume inebriante, que deixa saudade.

Já eram quase três da matina quando ela voltou para o seu apartamento com sala, quarto, banheiro, box, copa, quitinete e área interna, tudo conjugado, que comprara dando apenas trinta por cento na entrada e começando a pagar as prestações na entrega das chaves. Finalmente, vai poder dormir um pouquinho.

E, aos pés do sofá-cama, faz a oração da noite: "Padre Nosso, que estais no Céu, muito obrigada pela atenção dispensada e até amanhã, quando voltaremos com novas atrações. Boa noite".

O milagre

Naquela pequena cidade as romarias começaram quando correu o boato do milagre. É sempre assim. Começa com um simples boato, mas logo o povo — sofredor, coitadinho, e pronto a acreditar em algo capaz de minorar sua perene chateação — passa a torcer para que o boato se transforme numa realidade, para poder fazer do milagre a sua esperança.

Dizia-se que ali vivera um vigário muito piedoso, homem bom, tranquilo, amigo da gente simples, que fora em vida um misto de sacerdote, conselheiro, médico, financiador dos necessitados e até advogado dos pobres, nas suas eternas questões com os poderosos. Fora, enfim, um sacerdote na expressão do termo: fizera de sua vida um apostolado. Um dia o vigário morreu. Ficou a saudade morando com a gente do lugar. E era em sinal de reconhecimento que conservavam o quarto onde ele vivera, tal e qual o deixara. Era um quartinho modesto, atrás da venda. Um catre (porque em histórias assim a cama da personagem chama-se catre), uma cadeira, um armário tosco, alguns livros. O quarto do vigário ficou sendo uma espécie de monumento à sua memória, já que a prefeitura local não tinha verba para erguer sua estátua.

E foi quando um dia... ou melhor, uma noite, deu-se o milagre. No quarto dos fundos da venda, no quarto que fora do padre, na mesma hora em que o padre costumava acender uma vela para ler seu breviário, apareceu uma vela acesa.

— Milagre!!! — quiseram todos.

E milagre ficou sendo, porque uma senhora que tinha o filho doente, logo se ajoelhou do lado de fora do quarto, junto à janela, e pediu pela criança. Ao chegar em casa, depois do pedido — conta-se — a senhora encontrou o filho brincando, fagueiro.

— Milagre!!! — repetiram todos. E o grito de "Milagre!!!" reboou por sobre montes e rios, vales e florestas, indo soar no ouvido de outras gentes, de outros povoados. E logo começaram as romarias.

Vinha gente de longe pedir! Chegava povo de tudo quanto é canto e ficava ali plantado, junto à janela, aguardando a luz da vela. Outros padres, coronéis, até deputados, para oficializar o milagre. E quando eram mais ou menos seis da tarde, hora em que o bondoso sacerdote costumava acender sua vela... a vela se acendia e começavam as orações. Ricos e pobres, doentes e saudáveis, homens e mulheres, civis e militares caíam de joelhos, pedindo.

Com o passar do tempo a coisa arrefeceu. Muitos foram os casos de doenças curadas, de heranças conseguidas, de triunfos os mais diversos. Mas, como tudo passa, depois de alguns anos passaram também as romarias. Foi diminuindo a fama do milagre e ficou, apenas, mais folclore na lembrança do povo.

O lugarejo não mudou nada. Continua igualzinho como era, e ainda existe, atrás da venda, o quarto que fora do padre. Passamos outro dia por lá. Entramos na venda e pedimos ao português, seu dono, que vive há muitos anos atrás do balcão, a roubar no peso, que nos servisse uma cerveja. O português, então, berrou para um pretinho que arrumava latas de goiabada numa prateleira:

— Ó Milagre, sirva uma cerveja ao freguês!

Achamos o nome engraçado. Qual o padrinho que pusera o nome de Milagre naquele afilhado? E o português explicou que não, que o nome do pretinho era Sebastião. Milagre era apelido.

— E por quê? — perguntamos.

— Porque era ele quem acendia a vela, no quarto do padre.

Latricério
(com o perdão
da palavra)

Tinha um linguajar difícil, o Latricério. Já de nome era ruinzinho, que Latricério não é lá nomenclatura muito desejada. E era aí que começavam os seus erros.

Foi porteiro lá do prédio durante muito tempo. Era prestativo e bom sujeito, mas sempre com o grave defeito de pensar que sabia e entendia de tudo. Aliás, acabou despedido por isso mesmo. Um dia enguiçou a descarga do vaso sanitário de um apartamento e ele achou que sabia endireitar. O síndico do prédio já ia chamar um bombeiro, quando Latricério apareceu dizendo que deixassem por sua conta. Dizem que o dono do banheiro protestou, na lembrança talvez de outros malfadados consertos feitos pelo serviçal porteiro. Mas o síndico acalmou-o com esta desculpa excelente:

— Deixe ele consertar, afinal são quase xarás e lá se entendem.

Dono da permissão, o nosso amigo — até hoje ninguém sabe explicar por quê — fez um rápido exame no aparelho em pane e desceu aos fundos do edifício, avisando antes que o defeito era "nos cano de orige".

Lá embaixo, começou a mexer na caixa do gás e, às tantas, quase provoca uma tremenda explosão. Passado o susto e a certeza de mais esse desserviço, a paciência do síndico atingiu o seu limite máximo e o porteiro foi despedido.

Latricério arrumou sua trouxa e partiu para nunca mais, deixando tristezas para duas pessoas: para a empregada do 801, que era sua namorada, e para mim, que via nele uma grande personagem.

Lembro-me que, mesmo tendo sido, por diversas vezes, vítima de suas habilidades, lamentei o ocorrido, dando todo o meu apoio ao Latricério e afirmando-lhe que fora precipitação do síndico. Na hora da despedida, passei-lhe às mãos uma estampa do American Bank Note no valor de quinhentos cruzeiros, oferecendo ainda, como prêmio de consolação, uma horrenda gravata, cheia de coqueiros dourados, virgem de uso, pois nela não tocara desde o meu aniversário, dia em que o Bill — o americano do 602 — a trouxera como lembrança da data.

Mas, como ficou dito acima, Latricério tinha um linguajar difícil, e é preciso explicar por quê. Falava tudo errado, misturando palavras, trocando-lhes o sentido e empregando os mais estranhos termos para definir as coisas mais elementares. Afora as expressões atribuídas a todos os "mal-falantes", como "compromisso de cafiaspirina", "vento encarnado", "libras estrelinhas" etc., tinha erros só seus.

No dia em que estiveram lá no prédio, por exemplo, uns avaliadores da firma a quem o proprietário ia hipotecar o imóvel, o porteiro, depois de acompanhá-los na vistoria, veio contar a novidade:

— Magine, doutor! Eles viero avalsá as impoteca!

É claro que, no princípio, não foi fácil compreender as coisas que ele dizia, mas, com o tempo, acabei me acostumando. Por isso não estranhei quando os ladrões entraram no apartamento de dona Vera, então sob sua guarda, e ele veio me dizer, intrigado:

— Não compreendo como eles entraro. Pois as portas tava tudo "aritmeticamente" fechadas.

Tentar emendar-lhe os erros era em pura perda. O melhor era deixar como estava. Com sua maneira de falar, afinal, conseguira tornar-se uma das figuras mais populares do quarteirão e eu, longe de corrigir-lhe as besteiras, às vezes falava como ele até, para melhor me fazer entender.

Foi assim no dia em que, com a devida licença do proprietário, mandei derrubar uma parede e inaugurei uma nova janela, com jardineira por fora, onde pretendia plantar uns gerânios. Estava eu a admirar a obra, quando surgiu o Latricério para louvá-la.

— Ainda não está completa — disse eu — falta colocar umas persianas pelo lado de fora.

Ele deu logo o seu palpite:

— Não adianta, doutor. Aí bate muito sol e vai morrê tudo.

Percebi que jamais soubera o que vinha a ser persiana e tratei de explicar à sua moda:

— Não diga tolice, persiana é um negócio parecido com venezuela.

— Ah, bem, venezuela — repetiu.

E acrescentou:

— Pensei que fosse "arguma pranta".

O menino que chupou a bala errada

Diz que era um menininho que adorava bala e isto não lhe dava qualquer condição de originalidade, é ou não é? Tudo que é menininho gosta de bala. Mas o garoto desta história era tarado por bala. Ele tinha assim uma espécie de ideia fixa, uma coisa assim... assim, como direi? Ah... creio que arranjei um bom exemplo comparativo: o garoto tinha por bala a mesma loucura que o Sr. Lacerda tem pelo poder.

Vai daí um dia o pai do menininho estava limpando o revólver e, para que a arma não lhe fizesse uma falseta, descarregou-a, colocando as balas em cima da mesa. O menininho veio lá do quintal, viu aquilo ali e perguntou pro pai o que era:

— É bala — respondeu o pai, distraído.

Imediatamente o menininho pegou diversas, botou na boca e engoliu, para desespero do pai, que não medira as consequências de uma informação que seria razoável a um filho comum, mas não a um filho que não podia ouvir falar em bala que ficava tarado para chupá-las.

Chamou a mãe (do menino), explicou o que ocorrera e a pobre senhora saiu desvairada para o telefone, para comunicar a desgraça ao médico. Este tranquilizou a senhora e disse que iria até lá, em seguida.

Era um velho clínico, desses gordos e bonachões, acostumados aos pequenos dramas domésticos. Deu um laxante para o menininho e esclareceu que nada de mais iria ocorrer. Mas a mãe estava ainda aflita e insistiu:

— Mas não há perigo de vida, doutor?

— Não — garantiu o médico: — Para o menino não há o menor perigo de vida. Para os outros talvez.

— Para os outros? — estranhou a senhora.

— Bem... — ponderou o doutor: — O que eu quero dizer é que, pelo menos durante o período de recuperação, talvez fosse prudente não apontar o menino para ninguém.

O boateiro

Esta historinha — evidentemente fictícia — corre em Recife, onde o número de boateiros, desde o movimento militar de 1º de abril, cresceu assustadoramente, embora Recife já fosse a cidade onde há mais boateiro em todo o Brasil, segundo o testemunho de vários pernambucanos hoje em badalações cariocas.

Diz que era um sujeito tão boateiro, que chegava a arrepiar. Onde houvesse um grupinho conversando, ele entrava na conversa e, em pouco tempo, estava informando: "Já prenderam o novo Presidente", "Na Bahia os comunistas estão incendiando as igrejas", "Mataram agorinha o Cardeal", enfim, essas bossas. O boateiro encheu tanto, que um coronel resolveu dar-lhe uma lição. Mandou prender o sujeito e, no quartel, levou-o até um paredão, colocou um pelotão de fuzilamento na frente, vendou-lhe os olhos e berrou: "Fogoooo!!!". Ouviu-se aquele barulho de tiros e o boateiro caiu desmaiado.

Sim, caiu desmaiado porque o coronel queria apenas dar-lhe um susto. Quando o boateiro acordou, na enfermaria do quartel, o coronel falou pra ele:

— Olhe, seu pilantra. Isto foi apenas para lhe dar uma lição. Fica espalhando mais boato idiota por aí, que eu lhe mando prender outra vez e aí não vou fuzilar com bala de festim não.

Vai daí soltou o cara, que saiu meio escaldado pela rua e logo na primeira esquina encontrou uns conhecidos:

— Quais são as novidades? — perguntaram os conhecidos.

O boateiro olhou pros lados, tomou um ar de cumplicidade e disse baixinho: — O nosso exército está completamente sem munição.

Ladrões estilistas

São tantas as queixas dos gerentes de lojas contra roubos em suas vitrinas e balcões, que a polícia já conhece as diversas modalidades de pilhagem. Além dos cleptomaníacos, que roubam pela aventura de roubar, pela sensação de estar passando os outros para trás, o que Freud explica na página quatro do seu substancioso manual, há o ladrão mesmo, o profissional do roubo, que se especializa num estilo de roubo e vai de loja em loja, fazendo a féria. No Rio de Janeiro, ultimamente, a incidência da pilhagem em lojas elegantes e grandes magazines cresceu, razão pela qual os repórteres se apresentaram naquela loja para fazer uma reportagem sobre o assunto.

Era uma loja que já tinha sido vítima de diversos roubos e o gerente estava mesmo disposto a contratar um detetive particular, para apanhar o ladrão em ação. Era — aliás — sobre esta disposição que o gerente falava com o repórter, enquanto o fotógrafo batia uma ou outra chapa da mercadoria exposta na loja. O gerente — como a polícia — sabia direitinho como os ratos de loja funcionam. E se orgulhava de sua erudição a respeito.

— Você compreende — dizia ele ao repórter — a minha experiência levou-me a ser mais sabido do que a polícia nesta questão — e fez um ar superior.

— Interessante — disse o repórter.

Sentindo-se com plateia, o gerente prosseguiu. Há o assalto boçal, do oportunista, que fica de olho, quando um caminhão da firma está descarregando mercadoria. Ao menor descuido, apanha um objeto qualquer e sai correndo. Mas este é o ladrão barato, sem estilo e sem classe. A loja era vítima mais contumaz dos estilistas.

— Mas cada ladrão tem seu estilo? — estranhou o repórter.

— Claro — exclamou o gerente, tomando ares de professor.

Há o suposto freguês que entra, apanha uma mercadoria qualquer, como se fosse comprá-la, e leva-a a um dos caixeiros distraídos. Explica que comprara aquilo na véspera, mas que não ficara a seu gosto e desejava trocar.

O caixeiro, ingenuamente, recebe a mercadoria e entrega ao ladrão, de mão beijada, uma outra.

Há o que se aproveita dos momentos em que a loja está semivazia. Se o caixeiro está só, ele entra, escolhe o que vai comprar e que — de antemão — já sabe que está lá dentro. E quando o empregado vai lá dentro buscar o que o "freguês" deseja, este se aproveita e foge com outra mercadoria debaixo do braço.

O repórter anotou mais esta e o gerente contou outra. Para o roubo de objetos pequenos, que se costuma expor sobre os balcões, os ladrões preferem agir com valise de fundo falso.

— Como é isso? — quis saber o repórter, depois de pedir ao fotógrafo que batesse uma foto do gerente. Este posou napoleonicamente e explicou: — A valise de fundo falso é simples. Não tem fundo. O ladrão entra, coloca a valise sobre o objeto que deseja roubar. Quando levanta a valise o fundo falso já correu e deixou o objeto lá dentro, e ele o carrega consigo sem ser molestado.

Este processo, aliás, lembra um outro, dos que usam paletó frouxo, ou capa de chuva. Entram na loja e ficam examinando os mostruários. Quando notam que a oportunidade é boa, enfiam alguma coisa por dentro do paletó ou da capa. É um movimento rápido, difícil de ser pressentido pelos empregados.

— Puxa — admirou-se o repórter —, mas existe uma infinidade de golpes, hem?

— E estes são os golpes dos ladrões que agem sozinhos.

Há os ladrões que agem em grupo ou mesmo em dupla. Vem um, apanha uma porção de coisas como se fosse comprar e passa para o companheiro, que desaparece sem ser incomodado. Quando os empregados reparam que as mercadorias sumiram, o cínico limita-se a ordenar que o revistem.

— Impressionante — lascou o repórter, tomando os últimos apontamentos. E depois pediu: — Posso dar um telefonemazinho?

— Pois não — concordou o gerente. E mostrou onde era.

— Vem comigo, Raimundo — pediu o repórter ao fotógrafo, e este, carregando as maletas das máquinas fotográficas, seguiu-o.

Passavam-se vários minutos e nem fotógrafo nem repórter voltavam lá de dentro. O gerente foi espiar e encontrou um bilhetinho perto do telefone que dizia: "Meu Compadre: e o golpe de um fingir que é repórter enquanto o outro, fingindo que é fotógrafo, vai enchendo a mala com mercadorias à mão, o senhor conhecia?".

Prova falsa

Quem teve a ideia foi o padrinho da caçula — ele me conta. Trouxe o cachorro de presente e logo a família inteira se apaixonou pelo bicho. Ele até que não é contra isso de se ter um animalzinho em casa, desde que seja obediente e com um mínimo de educação.

— Mas o cachorro era um chato — desabafou. Desses cachorrinhos de caça, cheios de nhem-nhem-nhem, que comem comidinha especial, precisam de muitos cuidados, enfim, um chato de galocha. E, como se isso não bastasse, implicava com o dono da casa.

— Vivia de rabo abanando para todo mundo, mas quando eu entrava em casa vinha logo com aquele latido fininho e antipático, de cachorro de francesa.

Ainda por cima era puxa-saco. Lembrava certos políticos da oposição, que espinafram o ministro, mas, quando estão com o ministro, ficam mais por baixo que tapete de porão. Quando cruzavam num corredor ou qualquer outra dependência da casa, o desgraçado rosnava ameaçador, mas, quando a patroa estava perto, abanava o rabinho, fingindo-se seu amigo.

— Quando eu reclamava, dizendo que o cachorro era um cínico, minha mulher brigava comigo, dizendo que nunca houve cachorro fingido e eu é que implicava com o "pobrezinho".

Num rápido balanço poderia assinalar: o cachorro comeu oito meias suas, roeu a manga de um paletó de casimira inglesa, rasgara diversos livros, não podia ver um pé de sapato que arrastava para locais incríveis. A vida lá em sua casa estava se tornando insuportável. Estava vendo a hora em que se desquitava por causa daquele bicho cretino. Tentou mandá-lo embora umas vinte vezes e era uma choradeira das crianças e uma espinafração da mulher.

— Você é um desalmado — disse ela, uma vez.

Venceu a guerra fria com o cachorro graças à má educação do adversário. O cãozinho começou a fazer pipi onde não devia. Várias vezes exemplado, prosseguiu no feio vício. Fez diversas vezes no tapete da sala. Fez duas na boneca da filha maior. Quatro ou cinco vezes fez nos brinquedos da caçula. E tudo culminou com o pipi que fez em cima do vestido novo de sua mulher.

— Aí mandaram o cachorro embora? — perguntei.

— Mandaram. Mas eu fiz questão de dá-lo de presente a um amigo que adora cachorros. Ele está levando um vidão em sua nova residência.

— Ué... mas você não o detestava? Como é que ainda arranjou essa sopa pra ele?

— Problema de consciência — explicou: — O pipi não era dele.

E suspirou cheio de remorso.

Panaceia indígena

Diz que o pajé da tribo foi chamado à tenda do cacique. Quando o pajé entrou, o cacique estava deitado meio sobre o gemebundo, se me permitem o termo. A perna do cacique estava inchada, mais inchada que coxa de corista veterana. Tinha pisado num espinho envenenado. O pajé examinou, deu uns dois ou três roncos de pajé e depois aconselhou:

— Chefe tem passar perna folha de galho passarinho azul pousou.

Disse e se mandou, ficando os índios do *staff* do cacique (cacique também tem *staff*) encarregados de arranjar a tal folha. Depois de muito procurarem, viram um sanhaço pousado num galho de mangueira e trouxeram algumas folhas. Mas — eu pergunto — o cacique melhorou? E eu mesmo respondo: *aqui ó...*

No dia seguinte estava com a perna mais inchada. Chamaram o pajé de novo. O pajé veio, examinou e lascou: — Hum hum... perna grande guerreiro melhorou nada com folha galho passarinho azul pousou. Precisa lavar com água de lua.

Disse e se mandou. O *staff* arranjou uma cuia e botou a bichinha bem no meio da maloca, cheia de água, que era pra — de noite — a lua se refletir nela. Foi o que aconteceu. De noite houve lua e, de manhãzinha, foram buscar a cuia e lavaram com a água a perna do cacique.

O pajé já até tinha pensado que o chefe ficara bom, pois não foi mais chamado. Passados uns dias, no entanto, voltaram a apelar para seus dotes de curandeiro. Lá foi o pajé para a tenda do cacique, encontrando-o deitado e com uma perna mais inchada que cabeça de botafoguense. Aí o pajé achou que já era tempo de acabar com aquilo. Examinou bem, fez um exame minucioso e sentenciou:

— Cacique vai perdoar pajé, mas único jeito é tomar penicilina.

O suicídio de Rosamundo

O Rosa se meteu com uma dessas mulheres para as quais o sentimento de fidelidade vale tanto quanto um par de patins para um perneta. Rosamundo, no começo, não percebeu. Aquela sua vaguidão. Mas os amigos acharam demais. A deslumbrada passava o coitado para trás de uma maneira que eu vou te contar. Aí os amigos se queimaram na parada, chamaram o Rosa num canto e deram o serviço. Eu não me meti porque acho que ninguém tem o direito de impedir os amigos de amarem errado. Sou como Tia Zulmira, que considera a experiência pessoal a única coisa intransferível desta vida, tirante, é claro, a ida dos ministérios para Brasília. Se o cara nunca amou errado, tem que amar uma vez, para aprender.

Mas — sinceramente — eu que conheço Rosamundo tão bem, até hoje não sei dizer o que ele é mais: se distraído ou emotivo. Ao reparar que a moça não era merecedora, ficou numa melancolia de pinguim no Ceará. Não comia, não dormia e acabou apelando para a mais amena das ignorâncias, ou seja, o gargalo. Ficou mais de uma semana enchendo a cara. De "Correinha" a "House of Lords", Rosamundo bebeu de tudo.

Como diz aquele sambinha do João Roberto Kelly, "mulher que se afoga em boteco, é chaveco". Em vez de esquecer a infiel, Rosa foi se tornando um escravo dela. Fez até um tango, que começava assim: "Yo sé que tu eres una vaca..." e terminava como terminam todos os tangos, isto é, plam-plam...

Ontem, ele estava no máximo da fossa. Mais triste que juriti piando em fim de tarde. Sua depressão chegara ao ponto culminante, se é que depressão culmina. Desolado, foi para casa, tomou mais umas e outras e sentou-se na escrivaninha para escrever um bilhete de suicida. O bilhete de Rosamundo não diferia muito dos bilhetes de todos os suicidas. Despedia-se da vida, pedia para não culparem ninguém e pedia desculpas aos que lhe queriam bem, pelo tresloucado gesto.

Em seguida foi para o banheiro, forrou o chão com uma toalha, calafetou a porta e a janela, abriu o bico do aquecedor e deitou-se para morrer. Mas Rosamundo é distraído demais. Acordou de manhã com o corpo todo doído de ter dormido no ladrilho. Como, minha senhora, por que foi que ele não morreu? Era greve do gás, madama.

Zezinho e o Coronel

O Coronel Iolando sempre foi a fera do bairro. Quando a patota do Zezinho era tudo criança, jogar futebol na rua era uma temeridade, porque o Coronel, mal começava a bola a rolar no asfalto, saía lá de dentro de sabre na mão e furava a coitadinha. Teve um dia que Zezinho vinha atacando pela esquerda e ia fazer o gol, quando o Coronel da Polícia Militar, naquele tempo ainda capitão, saiu e cercou o atacante, de braços abertos. Parecia um beque lateral direito, tentando impedir o avanço adversário. Por amor ao futebol, Zezinho não resistiu, driblou o garboso militar e entrou no gol com bola e tudo.

Ah! rapaziada... foi fogo. O então Capitão Iolando ficou que parecia uma onça com sinusite. Ali mesmo, jurou que nunca mais vagabundo nenhum jogaria bola outra vez em frente de sua casa. E, com a sua autoridade ferida pelo drible moleque do Zezinho, botou um policial de plantão em cada esquina, durante meses e meses. No bairro havia assalto toda noite, mas o Coronel preferia botar dois guardas chateando os garotos a deslocá-los da esquina para perseguir ladrão.

Isto eu só estou contando para que vocês sintam o drama e morem na ferocidade do Coronel Iolando.

Prosseguindo: ninguém na redondeza conseguia entender como é que aquele frankenstein de farda podia ter uma filha como a Irene, tão lindinha, tão meiga, tão redondinha. E entre os que não entendiam estava o mesmo Zezinho, cuja patota, noutros tempos, batia bola na rua.

Muito amante da pesquisa, Zezinho foi devagarinho pro lado da Irene. Primeiro um cumprimento, na porta do cinema, depois um papinho rápido ao cruzar com ela na porta da sorveteria e foi-se chegando, se chegando e pimba... desembarcou os comandos. Quando a Irene percebeu, estava babada por Zezinho. Se ele quisesse ela seria até o chiclete dele.

Claro, o namoro foi sempre à revelia do Coronel Iolando, que não admitia nem a possibilidade de a filha olhar pro lado, quanto mais para o Zezinho, aquele vagabundo, cachorro, comunista.

Sem paqueração não há repressão. O pai não sabia de nada e a filha foi folgando, até que — chegou um dia, ou melhor, chegou uma noite — a Irene tinha saído para ir à casa da Margaridinha, de araque, naturalmente, e na volta, depois de ficar quase duas horas agarrada com Zezinho debaixo de uma jaqueira, na segunda transversal à direita, permitiu que o rapaz a acompanhasse até o portão.

Coincidência desgraçada: o Coronel Iolando estava se preparando para sair e ir comandar um batalhão no combate à passeata de estudantes. Chegou à janela justamente na hora em que Irene e aquele safado chegavam ao portão. Tirou o trabuco do coldre e desceu a escada de quatro em quatro degraus, botando fumacinha pelas ventas arreganhadas. Parecia um búfalo no inverno.

Não deixou que o inimigo abrisse a boca. Berrou para Irene:

— Entre, sua sem-vergonha — e a mocinha escafedeu-se.

Virou-se para o pobre do Zezinho, mais murcho que boca de velha, ali encolhidinho, e agarrou-o pelo cangote, suspendendo-o quase a um palmo do chão, e o rapaz ia até dizer "Coronel, o senhor tirou o chão de baixo de mim", pra ver se com a piadinha melhorava o ambiente, mas não teve tempo:

— Seu cretino — berrou Iolando — está vendo este revólver?

(Zezinho estava)

— Pois eu lhe enfio o cano no olho e descarrego a arma dentro da sua cabeça, seu cafajeste. Está entendendo?

(Zezinho estava)

— E vou lhe dizer uma coisa: está proibido de continuar morando neste bairro. Amanhã eu irei pessoalmente à sua casa para verificar se o senhor se mudou, está ouvindo?

(Zezinho estava)

— Se o senhor não tiver, pelo menos, a cinquenta quilômetros longe desta área, eu passarei a enviar uma escolta diariamente à sua casa, para lhe dar uma surra. Agora suma-se, seu inseto.

O Coronel soltou Zezinho, que, sentindo-se em terra firme, tratou de se mandar o mais depressa possível. O Coronel, por sua vez, deu meia-volta, entrou em casa, vestiu o dólmã e avisou à filha que quando voltasse ia ter.

O Coronel Iolando foi cercar os estudantes na passeata, houve aquela coisa toda que os senhores leram nos jornais e, quando retornou ao lar, encontrou a esposa muito apreensiva:

— Não precisa ficar com esse olhar de coelho acuado, sua molenga — avisou Iolando: — Eu só vou dar uns tapas na sem-vergonha da nossa filha.

— Eu não estou apreensiva por isso não, Ioiô (ela chamava o Coronel de Ioiô). Eu estou com pena é de você.

— De mim??? — o Coronel estranhou.

— É que a Irene e o Zezinho saíram agora mesmo para casar na igreja do Bispo de Maura. Deixaram um abraço pra você.

O sabiá do Almirante

O Almirante gostava muito de ir ao cinema na sessão das oito às dez. Era um Almirante reformado e muito respeitado na redondeza por ser bravo que só bode no escuro. Naquela noite, quando se preparava para ir pro cinema, a empregada veio correndo lá de dentro, apavorada:

— Patrão, tem um homem no quintal.

Era ladrão. Pobre ladrãozinho. O Almirante pegou o 45, que tinha guardado na mesinha de cabeceira, e saiu bufando para o quintal. Lá estava o mulato magricela, encolhido contra o muro, muito mais apavorado que a doméstica acima referida. O Almirante encurralou-o e deu o comando com sua voz retumbante:

— Se mexer leva bala, seu safado.

O ladrão tratou de respirar mais menos, sempre na encolha. E o Almirante mandou brasa: — Isto que está apontado para você é um 45. Se eu atirar te faço um furo no peito, seu ordinário. Agora mexe aí para ver só se eu não te mando pro inferno.

O ladrão estava com uma das mãos para trás e o Almirante desconfiou:

— Não tente puxar sua arma, que sua cabeça vai pelos ares.

— Não é arma não — respondeu o ladrão com voz tímida: — É o sabiá.

— Ah... um ladrão de passarinho, hem? — vociferou o Almirante.

E, de fato, o Almirante tinha um sabiá que era o seu orgulho. Passarinho cantador estava ali. Elogiadíssimo pelos amigos e vizinhos. Era um gozo ouvir o bichinho quando dava seus recitais diários.

Vendo que o outro era um covarde, o Almirante resolveu humilhá-lo:

— Pois tu vais botar o sabiá na gaiola outra vez, vagabundo. Vai botar o sabiá lá, vai me pedir desculpas por tentar roubá-lo e depois vai me jurar por Deus que nunca mais passa pela porta de minha casa. Aliás, vai jurar que nunca mais passa por esta rua. Tá ouvindo?

O ladrão tava. Sempre de cabeça baixa e meio encolhido, recolocou o sabiá na gaiola. Jurou por Deus que nunca mais passava pela rua e até pelo bairro. O Almirante enfiou-lhe o 45 nas costas e obrigou-o a pedir desculpas a ele e à empregada. Depois ameaçou mais uma vez:

— Agora suma-se, mas lembre-se sempre que esta arma é 45. Eu explodo essa sua cabeça se o vir passando perto de minha casa outra vez. Cai fora.

O ladrão não esperou segunda ordem. Pulou o muro como um raio e sumiu.

O Almirante, satisfeito consigo mesmo, guardou a arma e foi pro cinema. Quando voltou, o sabiá tinha desaparecido.

Um quadro

Até bem pouco caminhava de um lado para o outro. Depois sentou-se algum tempo e deixou-se ficar, respirando fundo a cada instante, em pleno estado de expectativa. Mas já agora levanta-se, vai ao bar e começa a preparar uma bebida. Mede a dose (forte) e atravessa a sala em direção à cozinha, em busca de gelo e água.

Faz tudo isso automaticamente, sem pensar. E volta a sentar-se no sofá da sala; desta vez de pernas cruzadas e copo na mão. Sorve um gole grande e desce-lhe pelo corpo uma dormência boa, uma quase carícia.

Nervoso? Não, não está nervoso. Apenas — é claro — este não é um momento qualquer.

Ao segundo copo está, por assim dizer, ouvindo o silêncio. Há barulhos que aumentam a quietude da noite: piano bem longe, assovio de alguém que passa, buzina numa esquina distante, latido de cachorro no morro, pio de ave, o mar.

As luzes estão apagadas e a claridade que vem de fora projeta-se contra a parede e ilumina o quadro.

É um velho quadro a óleo, representando um homem de meia-idade, com barbas grisalhas e basto bigode. Está há tanto tempo pendurado na parede que raramente repara nele. Um dia — faz muitos anos — perguntou quem era. Disseram-lhe que era o fundador da família, um antepassado perdido no tempo, que um pintor da época retratara sabe lá Deus por quantos patacos.

"Ele é o pai do pai do pai do pai do pai de meu pai" — pensou.

Por que, na partilha dos bens, sobrara-lhe o quadro é coisa que não sabe explicar. Quando os irmãos se separaram e deixaram a casa que seria demolida, talvez tivesse apanhado o "velho dos bigodes" (que é como o chamavam os meninos) e metido em um dos caixotes.

Agora estava ali a fazer-lhe companhia, espiando-o com seus olhos mansos em nada diferentes dos de seus semelhantes, outros avós, de outras famílias, em outras molduras.

Seu olhar calmo, de uma meiguice que os homens de hoje esqueceram de conservar, quanta coisa já contemplou? Quantos dramas, comédias, gestos, atitudes, festas, velórios? Quantas famílias de sua família?

Por certo viu moças que feneceram, homens que já não são mais. Assistiu impávido a batizados e casamentos, beijos furtivos, formaturas. Na sua longa experiência de emoldurado provavelmente pouco se comoveu com as comemorações e os lamentos, fracassos ou júbilos dos que transitaram, através dos tempos, frente às muitas paredes em que o colocaram.

Em 1850 morava numa fazenda, casa do bisavô. Depois, ao findar o século, noutra fazenda, de terras menos pródigas, foi testemunha muda e permanente de um lento caso de morte.

"Meu avô" — pensou o que esperava, dando mais um gole na bebida.

Será que pressentira a chegada da morte? A saúde do velho esvaindo-se, apagando-se lentamente, como um círio. As intermináveis noites de apreensão, a tosse quebrando o silêncio, angustiando os que esperavam. Depois não foi preciso esperar mais. Depois mais nada.

Mais nada ou tudo outra vez, que um dos filhos levou consigo o "velho dos bigodes" para novas contemplações; de outras paredes para outros descendentes. O telefone toca violentamente. O que aguarda a notícia, salta para ele e com voz rouca atende:

— Seu filho já nasceu — informa a voz do outro lado. E acrescenta: — Tudo vai bem.

O homem volta sereno para o bar. Enche novamente o copo, agora a título de comemoração. Levanta-o à altura do peito, mas na hora de beber lembra-se do velho do quadro e saúda-o sem dizer qualquer palavra.

Não fosse o nervosismo de há pouco e também os uísques que tomara, seria capaz de jurar que o "velho dos bigodes" sorrira.

Fábula dos
dois leões

Diz que eram dois leões que fugiram do jardim zoológico. Na hora da fuga cada um tomou um rumo, para despistar os perseguidores. Um dos leões foi para as matas da Tijuca e outro foi para o centro da cidade. Procuraram os leões de todo jeito, mas ninguém encontrou. Tinham sumido, que nem o leite.

Vai daí, depois de uma semana, para surpresa geral, o leão que voltou foi justamente o que fugira para as matas da Tijuca. Voltou magro, faminto e alquebrado. Foi preciso pedir a um deputado do PTB que arranjasse vaga para ele no jardim zoológico outra vez, porque ninguém via vantagem em reintegrar um leão tão carcomido assim. E, como deputado do PTB arranja sempre colocação para quem não interessa colocar, o leão foi reconduzido à sua jaula.

Passaram-se oito meses e ninguém mais se lembrava do leão que fugira para o centro da cidade quando, lá um dia, o bruto foi recapturado. Voltou para o jardim zoológico gordo, sadio, vendendo saúde. Apresentava aquele ar próspero do Augusto Frederico Schmidt, que, para certas coisas, também é leão.

Mal ficaram juntos de novo, o leão que fugira para as florestas da Tijuca disse pro coleguinha: — Puxa, rapaz, como é que você conseguiu ficar na cidade esse tempo todo e ainda voltar com essa saúde? Eu, que fugi para as matas da Tijuca, tive que pedir arrego, porque quase não encontrava o que comer, como é então que você... vá, diz como foi.

O outro leão então explicou: — Eu meti os peitos e fui me esconder numa repartição pública. Cada dia eu comia um funcionário e ninguém dava por falta dele.

— E por que voltou pra cá? Tinham acabado os funcionários?

— Nada disso. O que não acaba no Brasil é funcionário público. É que eu cometi um erro gravíssimo. Comi o diretor, idem um chefe de seção, funcionários diversos, ninguém dava por falta. No dia em que eu comi o cara que servia o cafezinho... me apanharam.

Conto de mistério

Com a gola do paletó levantada e a aba do chapéu abaixada, caminhando pelos cantos escuros, era quase impossível a qualquer pessoa que cruzasse com ele ver seu rosto. No local combinado, parou e fez o sinal que tinham já estipulado à guisa de senha. Parou debaixo do poste, acendeu um cigarro e soltou a fumaça em três baforadas compassadas. Imediatamente um sujeito mal-encarado, que se encontrava no café em frente, ajeitou a gravata e cuspiu de banda.

Era aquele. Atravessou cautelosamente a rua, entrou no café e pediu um guaraná. O outro sorriu e se aproximou: "Siga-me!" — foi a ordem dada com voz cava. Deu apenas um gole no guaraná e saiu. O outro entrou num beco úmido e mal iluminado e ele — a uma distância de uns dez a doze passos — entrou também.

Ali parecia não haver ninguém. O silêncio era sepulcral. Mas o homem que ia na frente olhou em volta, certificou-se de que não havia ninguém de tocaia e bateu numa janela. Logo uma dobradiça gemeu e a porta abriu-se discretamente.

Entraram os dois e deram numa sala pequena e enfumaçada onde, no centro, via-se uma mesa cheia de pequenos pacotes. Por trás dela um sujeito de barba crescida, roupas humildes e ar de agricultor parecia ter medo do que ia fazer. Não hesitou — porém — quando o homem que entrara na frente apontou para o que entrara em seguida e disse: "É este".

O que estava por trás da mesa pegou um dos pacotes e entregou ao que falara. Este passou o pacote para o outro e perguntou se trouxera o dinheiro. Um aceno de cabeça foi a resposta. Enfiou a mão no bolso, tirou um bolo de notas e entregou ao parceiro. Depois virou-se para sair. O que entrara com ele disse que ficaria ali.

Saiu então sozinho, caminhando rente às paredes do beco. Quando alcançou uma rua mais clara, assoviou para um táxi que passava e mandou tocar a toda pressa para determinado endereço. O motorista obedeceu e, meia hora depois, entrava em casa a berrar para a mulher:

— Julieta! Ó Julieta... consegui. A mulher veio lá de dentro enxugando as mãos em um avental, a sorrir de felicidade. O marido colocou o pacote sobre a mesa, num ar triunfal. Ela abriu o pacote e verificou que o marido conseguira mesmo. Ali estava: um quilo de feijão.

Divisão

Você poderá ficar com a poltrona, se quiser. Mande forrar de novo, ajeitar as molas. É claro que sentirei falta. Não dela, mas das tardes em que aqui fiquei sentado, olhando as árvores. Estas sim, eu levaria de bom grado: as árvores, a vista do morro, até a algazarra das crianças lá embaixo, na praça. O resto dos móveis — são tão poucos! — podemos dividir de acordo com nossas futuras necessidades.

A vitrola está tão velha que o melhor é deixá-la aí mesmo, entregue aos cuidados ou ao desespero do futuro inquilino. Tanto você quanto eu haveremos de ter, mais cedo ou mais tarde, as nossas respectivas vitrolas, mais modernas, dotadas de todos os requisitos técnicos e mais aquilo que faltou ao nosso amor: alta fidelidade.

Quanto aos discos, obedecerão às nossas preferências. Você fica com as valsas, as canções francesas, um ou outro "chopinzinho", o Mozart e Bing Crosby. Deixe para mim o canto pungente do negro Armstrong, os sambas antigos e estes chorinhos. Aqueles que compartilhavam do nosso gosto comum serão quebrados e jogados no lixo. É justo e honesto.

Os livros são todos seus, salvo um ou outro com dedicatória. Não, não estou querendo ser magnânimo. Pelo contrário. Ainda desta vez penso em mim. Será um prazer voltar a juntá-los, um por um, em tardes de folga, visitando livrarias. Aos poucos irei refazendo toda esta biblioteca, então com um caráter mais pessoal. Fique com os livros todos, portanto. E consequentemente com a estante também.

Os quadros também são seus, e mais esses vasinhos de plantas. Levarei comigo o cinzeirinho verde. Ele já era meu muito antes de nos conhecermos. Também os dois chinesinhos de marfim e esta espátula. Veja só o que está escrito nela: 12-1-48. Fique com toda essa quinquilharia acidentalmente juntada. Sempre detestei bibelôs e, mais do que eles, a chamada arte popular, principalmente quando ela se resume nesses bonequinhos de barro. Com exceção de pote de melado e moringa de água, nada que foi feito com barro presta. Nem o homem.

Rasgaremos todas as fotografias, todas as cartas, todas as lembranças passíveis de serem destruídas. Programas de teatros, álbuns de viagens, *souvenirs*. Que não reste nada daquilo que nos é absolutamente pessoal e que não possa ser entre nós dividido.

Fique com a poltrona, seus discos, todos os livros, os quadros, esta jarra. Eu ficarei com estes objetos, um ou outro móvel. Tudo está razoavelmente dividido. Leve a sua tristeza, eu guardarei a minha.

Garoto linha dura

Deu-se que o Pedrinho estava jogando bola no jardim e, ao emendar a bola de bico por cima do travessão, a dita foi de contra uma vidraça e despedaçou tudo. Pedrinho botou a bola debaixo do braço e sumiu até a hora do jantar, com medo de ser espinafrado pelo pai.

Quando o pai chegou, perguntou à mulher quem quebrara o vidro e a mulher disse que foi o Pedrinho, mas que o menino estava com medo de ser castigado, razão pela qual ela temia que a criança não confessasse o seu crime.

O pai chamou Pedrinho e perguntou: — Quem quebrou o vidro, meu filho?

Pedrinho balançou a cabeça e respondeu que não tinha a mínima ideia. O pai achou que o menino estava ainda sob o impacto do nervosismo e resolveu deixar para depois.

Na hora em que o jantar ia para a mesa, o pai tentou de novo: — Pedrinho, quem foi que quebrou a vidraça, meu filho? — e, ante a negativa reiterada do filho, apelou: — Meu filhinho, pode dizer quem foi que eu prometo não castigar você.

Diante disso, Pedrinho, com a maior cara de pau, pigarreou e lascou:

— Quem quebrou foi o garoto do vizinho.

— Você tem certeza?

— Juro.

Aí o pai se queimou e disse que, acabado o jantar, os dois iriam ao vizinho esclarecer tudo. Pedrinho concordou que era a melhor solução e jantou sem dar a menor mostra de remorso. Apenas — quando o pai fez ameaça — Pedrinho pensou um pouquinho e depois concordou.

Terminado o jantar o pai pegou o filho pela mão e, já chateadíssimo, rumou para a casa do vizinho. Foi aí que Pedrinho provou que tinha ideias revolucionárias. Virou-se para o pai e aconselhou:

— Papai, esse menino do vizinho é um subversivo desgraçado. Não pergunte nada a ele não. Quando ele vier atender à porta, o senhor vai logo tacando a mão nele.

A ignorância ao alcance de todos

Todo dito popular funciona e ficaria o dito pelo não dito se os ditos ditos não funcionassem, dito o quê, acrescento que há um dito que não funciona ou, melhor dito, é um dito que funciona em parte uma vez que, no setor da ignorância, o dito falha, talvez para confirmar outro velho dito: o do não-há-regra-sem--exceção. Digo melhor: o dito mal-de-muitos-consolo--é encerra muita verdade, mas falha quando notamos que ignorância é o que não falta por aí e, no entanto, ninguém gosta de confessar sua ignorância. Logo, pelo menos aí, o dito dito falha.

Tenho experiência pessoal quanto à má vontade do próximo para com a própria ignorância, má vontade esta confirmada diversas vezes em poucos minutos, graças a uma historinha vivida ao lado do escritor Álvaro Moreira, num dia em que fomos almoçar juntos, na cidade.

Já não me lembro qual o motivo do almoço. Lembro-me, isto sim, que íamos caminhando, quando Alvinho disse, em voz alta:

— Leônio Xanás.

— O quê? — perguntei, e Alvinho explicou que Leônio Xanás era o nome do pintor que estava pintando seu apartamento. Até me mostrou um cartãozinho, escrito "Leônio Xanás — Pinturas em Geral — Peça Orçamento".

— Hoje acordei com o nome dele na cabeça. A toda hora digo Leônio Xanás — contava o escritor. — Ainda agorinha, ao entrar no lotação, disse alto "Leônio Xanás" e levei um susto, quando o motorista respondeu: "Passa perto". Ele pensou que eu estava perguntando por determinada rua e foi logo dizendo que passa perto, sem, ao menos, saber que rua era.

Foi aí que nos nasceu a vontade de experimentar a sinceridade do próximo e nos nasceu a certeza de que ninguém gosta de confessar-se ignorante mesmo em relação às coisas mais corriqueiras. Entramos numa farmácia para comprar Alka-Seltzer (pretendíamos tomar vinho no almoço) e Alvinho experimentou de novo, perguntando ao farmacêutico:

— Tem Leônio Xanás?

— Estamos em falta — foi a resposta.

Saímos da farmácia e fomos ao prédio onde tem escritório o editor do Alvinho. No elevador, nova experiência. Desta vez quem perguntou fui eu, dirigindo-me ao cabineiro do elevador:

— Em que andar é o consultório do Dr. Leônio Xanás?

— Ele é médico de quê?

— Das vias urinárias — apressou-se a mentir o amigo, ante a minha titubeada.

— Então é no sexto andar — garantiu o cara do elevador, sem o menor remorso. E se não tivéssemos saltado no quinto andar por conta própria, teria nos deixado no sexto, a procurar um consultório que não existe.

E assim foi a coisa. Ninguém foi capaz de dizer que não conhecia nenhum Leônio Xanás ou que não sabia o que era Leônio Xanás. Nem mesmo a gerente de uma loja de roupas, que — geralmente — são senhoras de comprovada gentileza. Entramos num elegante magazine do centro da cidade para comprar um lenço de seda para presente. Vimos vários, todos bacanérrimos, mas — para continuar a pesquisa — indagamos da vendedora:

— Não tem nenhum da marca Leônio Xanás?

A mocinha pediu que esperássemos um momento, foi até lá dentro e voltou com a prestativa senhora gerente. Esta sorriu e quis saber qual era mesmo a marca:

— Leônio Xanás — repeti, com esta impressionante cara de pau que Deus me deu.

Madame voltou a sorrir e respondeu: — Tínhamos, sim, senhor. Mas acabou. Estamos esperando nova remessa.

Foi uma pena não ter. Compramos de outra marca qualquer e fomos almoçar. Foi um almoço simpático com o velho amigo. Lembro-me que, na hora do vinho, quando o garçom trouxe a carta, Alvinho deu uma olhadela e disse, em tom resoluto:

— Queremos uma garrafa de Leônio Xanás tinto.

O garçom fez uma mesura: — O senhor vai me perdoar, doutor. Mas eu não aconselho esse vinho.

Devia ser uma questão de safra, daí aconselhar outro: — O Ferreirinha não serve?

Servia.

É, irmãos, mal de muitos consolo é, mas ignorante que existe às pampas, ninguém quer ser.

O psicanalisado

Era uma vez um cara que entrou num bar, sentou no balcão do dito bar e, depois de chamar o garçom, pediu um chope. O garçom encheu uma caneca e deu pro cara. Este agradeceu e bebeu de uma talagada só, até o meio da caneca. Depois, balançou o chope que ainda restava, balançou, balançou... o garçom tá olhando pra ele... balançou e pimba! atirou o resto na cara do garçom.

É claro que o garçom já ia sair no tapa, quando o cara, quase chorando, pediu muitas desculpas, falou que aquilo era um gesto incontornável que ele tinha e — por isso mesmo — carregava na consciência um complexo desgraçado.

E tanto falou e se desmanchou em desculpas, que o garçom aceitou a situação e aconselhou o cara a ir consultar um psicanalista, conselho que foi logo aceito. O cara se despediu, tornou a pedir desculpas e prometeu que, no dia seguinte, ia procurar um psicanalista.

Passaram-se alguns dias, até que o cara apareceu outra vez no bar e pediu um chope. O garçom trouxe, ele virou metade de uma talagada só e começou a balançar o chope na caneca. Foi balançando, balançando... o garçom tá olhando pra ele... Outra vez! balançou mais uma e pimba!... novo banho na cara do garçom. E este ainda estava enxugando os respingos, quando o cara pediu outro chope.

Mas o garçom se queimou e falou: — Escuta aqui, seu chato. Da outra vez você me deu o banho, mas depois pediu desculpas. Desta vez você piorou. Nem desculpas pediu.

— Piorei nada. Melhorei — disse o cara: — Fui ao psicanalista e melhorei. Ele me tirou o complexo. Agora eu ando tão desinibido que faço a mesma coisa, mas sem o menor remorso.

À beira-mar

Por que será que tem gente que vive se metendo com o que os outros estão fazendo? Pode haver coisa mais ingênua do que um menininho brincando com areia, na beira da praia? Não pode, né? Pois estávamos nós deitados a doirar a pele para endoidar mulher, sob o sol de Copacabana, em decúbito ventral (não o sol, mas nós) a ler *Maravilhas da Biologia*, do coleguinha cientista Benedict Knox Ston, quando um camarada se meteu com uma criança que brincava com a areia.

Interrompemos a leitura para ouvir a conversa. O menininho já estava com um balde desses de matéria plástica cheio de areia, quando o sujeito intrometido chegou e perguntou o que é que o menininho ia fazer com aquela areia.

O menininho fungou, o que é muito natural, pois todo menininho que vai na praia funga, e explicou pro cara que ia jogar a areia num casal que estava numa barraca lá adiante. E apontou para a barraca.

Nós olhamos, assim como olhou o cara que perguntava ao menininho. Lá, na barraca distante, a gente só conseguia ver dois pares de pernas ao sol. O resto estava escondido pela sombra, por trás da barraca. Eram dois pares, dizíamos, um de pernas femininas, o que se notava pela graça da linha, e outro masculino, o que se notava pela abundante vegetação capilar, se nos permitem o termo.

— Eu vou jogar a areia naquele casal por causa de que eles estão se abraçando e se beijando-se muito — explicou o menininho, dando outra fungada.

O intrometido sorriu complacente e veio com lição de moral.

— Não faça isso, meu filho — disse ele (e depois viemos a saber que o menino era seu vizinho de apartamento). Passou a mão pela cabeça do garotinho e prosseguiu: — Deixe o casal em paz. Você ainda é pequeno e não entende dessas coisas, mas é muito feio ir jogar areia em cima dos outros.

O menininho olhou pro cara muito espantado e ainda insistiu:

— Deixa eu jogar neles.

O camarada fez menção de lhe tirar o balde da mão e foi mais incisivo:

— Não, senhor. Deixe o casal namorar em paz. Não vai jogar areia não.

O menininho então deixou que ele esvaziasse o balde e disse: — Tá certo. Eu só ia jogar areia neles por causa do senhor.

— Por minha causa? — estranhou o chato. — Mas que casal é aquele?

— O homem eu não sei — respondeu o menininho. — Mas a mulher é a sua.

Levantadores de copo

Eram quatro e estavam ali já ia pra algum tempo, entornando seu uisquinho. Não cometeríamos a leviandade de dizer que era um uísque honesto porque por uísque e mulher quem bota a mão no fogo está arriscado a ser apelidado de maneta. E sabem como é, bebida batizada sobe mais que carne na COFAP. Os quatro, por conseguinte, estavam meio triscados.

A conversa não era novidade. Aquela conversa mesmo, de bêbedo, de língua grossa. Um cantarolava um samba, o outro soltava um palavrão dizendo que o samba era ruim. Vinha uma discussão inconsequente, os outros dois separavam, e voltavam a encher os copos.

Aí a discussão ficava mais acalorada, até que entrasse uma mulher no bar. Logo as quatro vozes, dos quatro bêbedos, arrefeciam. Não há nada melhor para diminuir tom de voz, em conversa de bêbedo, do que entrada de mulher no bar. Mas, mal a distinta se incorporava aos móveis e utensílios do ambiente, tornavam à conversa em voz alta.

Foi ficando mais tarde, eles foram ficando mais bêbedos. Então veio o enfermeiro (desculpem, mas garçom de bar de bêbedo é muito mais enfermeiro do que garçom). Trouxe a nota, explicou direitinho por que era, quanto era etc. etc., e, depois de conservar nos lábios aquele sorriso estático de todos os que ouvem espinafração de bêbedo e levam a coisa por conta das alcalinas, agradeceu a gorjeta, abriu a porta e deixou aquele cambaleante quarteto ganhar a rua.

Os quatro, ali no sereno, respiraram fundo, para limpar os pulmões da fumaça do bar, e foram seguindo calçada abaixo, rumo a suas residências. Eram casados os quatro entornados que ali iam. Mas a bebida era muita para que qualquer um deles se preocupasse com a possibilidade de futuras espinafrações daquela que um dia — em plena clareza de seus atos — inscreveu como esposa naquele livrão negro que tem em todo cartório que se preze.

Afinal chegaram. Pararam em frente a uma casa e um deles, depois de errar várias vezes, conseguiu apertar o botão da campainha. Uma senhora sonolenta abriu a porta e foi logo entrando de sola.

— Bonito papel! Quase três da madrugada e os senhores completamente bêbedos, não é?

Foi aí que um dos bêbedos pediu:

— Sem bronca, minha senhora. Veja logo qual de nós quatro é o seu marido que os outros três querem ir para casa.

Vamos acabar com esta folga

O negócio aconteceu num café. Tinha uma porção de sujeitos, sentados nesse café, tomando umas e outras. Havia brasileiros, portugueses, franceses, argelinos, alemães, o diabo.

De repente, um alemão forte pra cachorro levantou e gritou que não via homem pra ele ali dentro. Houve a surpresa inicial, motivada pela provocação, e logo um turco, tão forte como o alemão, levantou-se de lá e perguntou:

— Isso é comigo?

— Pode ser com você também — respondeu o alemão.

Aí então o turco avançou para o alemão e levou uma traulitada tão segura que caiu no chão. Vai daí o alemão repetiu que não havia homem ali dentro pra ele. Queimou-se então um português que era maior ainda do que o turco. Queimou-se e não conversou. Partiu para cima do alemão e não teve outra sorte. Levou um murro debaixo dos queixos e caiu sem sentidos.

O alemão limpou as mãos, deu mais um gole no chope e fez ver aos presentes que o que dizia era certo. Não havia homem para ele ali naquele café. Levantou-se então um inglês troncudo pra cachorro e também entrou bem. E depois do inglês foi a vez de um francês, depois um norueguês etc. etc. Até que, lá do canto do café, levantou-se um brasileiro magrinho, cheio de picardia, para perguntar, como os outros:

— Isso é comigo?

O alemão voltou a dizer que podia ser. Então o brasileiro deu um sorriso cheio de bossa e veio vindo gingando assim pro lado do alemão. Parou perto, balançou o corpo e... PIMBA! O alemão deu-lhe uma porrada na cabeça com tanta força que quase desmonta o brasileiro.

Como, minha senhora? Qual é o fim da história? Pois a história termina aí, madame. Termina aí que é pros brasileiros perderem essa mania de pisar macio e pensar que são mais malandros do que os outros.

"Vai descer?!"

Depois teve o caso do dia em que Rosamundo ficou doente. Era — ao que parece — um vírus qualquer que Rosamundo arranjou. É que estava incomodando mais que disco de Orlando Dias na vitrola do vizinho. Então Rosamundo foi ao médico.

O consultório do médico de Rosamundo fica na cidade, num desses prédios que a desmoralizada e saudosa prefeitura deixava construir, com milhares de cubículos à guisa de cômodos conjugados — segundo expressão de um dos grandes calhordas imobiliários desta praça. Rosamundo foi, entrou no consultório e ficou na salinha de espera, aguardando a sua vez.

Mas, de repente, Rosamundo começou a suar frio. Ainda tentou aguentar a mão, disfarçar, pensar noutra coisa. Mas foi impossível. Levantou-se apressadamente, perguntou à enfermeira onde ficava o banheiro.

— Segunda à esquerda, ali no corredor — foi a resposta.

Rosamundo não esperou mais. Saiu da saleta de espera pelo corredor, como um doido, contou a primeira porta, abriu a segunda e entrou. Era um cubículo escuro, como sói acontecer nos prédios como aquele, mas isto não teria a mínima importância, se não houvesse uma senhora, com ar muito digno, parada no meio do toalete com cara de quem espera alguma coisa.

Rosamundo ali, naquele aperreio, e a dona parada que nem parecia. E o tempo passando. Cada segundo parecia um século. E ela nem nada. Parada e tranquila. Nessas horas é que Rosamundo perguntou:

— A senhora não vai sair daí? Ela estranhou a pergunta, mas, com toda a classe, quis saber:

— Por quê, cavalheiro?

— Porque eu preciso usar este banheiro.

A dama pensou que Rosamundo fosse maluco e, com o maior desprezo, informou:

— Por favor, o senhor use depois que chegarmos ao térreo e eu saltar, cavalheiro. Porque isto aqui não é um banheiro. Isto aqui é um elevador.

Cartãozinho de Natal

Até que eu não sou de reclamar, puxa! Taí, se há alguém que não é de reclamar, sou eu. Pago sempre e não bufo. Claro que procuro me defender da melhor maneira possível, isto é, chateando o patrão, cobrando cada vez mais, buscando o impossível — como diz Tia Zulmira —, ou seja, equilíbrio orçamentário. Se o Banco do Brasil não tem equilíbrio orçamentário, eu é que vou ter, é ou não é?

Mas a gente luta. Eu ganho cada vez mais e nem por isso deixo de terminar sempre o mês que nem time de Zezé Moreira: 0 x 0. Segundo cálculos da tia acima citada, que é bárbara para assuntos econômicos, eu sou um dos homens mais ricos do Brasil, pois consigo chegar ao fim do mês sem dever. Essa afirmativa não me agrada nada, mas dá uma pequena amostra de como vai mal a organização administrativa do nosso querido Brasil.

Aliás, minto... o cronista pede desculpas, mas estava mentindo. Eu vou no empate até dezembro, porque, quando chega o Natal, é fogo. Aí embaralha tudo. Não há tatu que resista aos compromissos natalinos. São as Festas — dizem.

Os presentes das crianças, a ganância do comerciante, as gentilezas obrigatórias, os orçamentos inglórios, a luta do consumidor, a malandragem do fornecedor e olhe nós todos envolvidos nesse bumba meu boi dos presentinhos.

E que fossem só os presentinhos. A gente selecionava, largava uma lembrancinha nas mãos dos amigos com o clássico letreiro: "Você não repare, que é presente de pobre" e ia maneirando. Mas tem as listas, tem os cartõezinhos.

O que me chateia são as listas e os cartõezinhos. A gente passa o mês todo comprando coisas pros outros sem a menor esperança de que os outros estejam comprando coisas pra gente. De repente, quando o retrato do falecido almirante Pedro Álvares Cabral, que, no caminho para as Índias, ao evitar as calmarias etc. etc. já é mais raro no bolso dos coitados do que deputado em Brasília, vem um de lista.

O de lista é sempre meio encabulado. Empurra a lista assim na nossa frente e diz: — O pessoal todo assinou. Fica chato se você não assinar. Então a gente dá uma olhada. A lista abre com uma quantia polpuda — quase sempre fictícia — que é pra animar o sangrado. E tem a lista dos contínuos, tem a lista dos porteiros, tem a lista dos faxineiros, tem a lista das telefonistas, tem a lista do raio que te parta.

A gente assina a lista meio humilhado, porque, no máximo, pode contribuir com duzentas pratas, onde está estampada a figura de Pedro I, que às margens do Ipiranga, desembainhando a espada etc. etc. e pensa que está livre, embora outras listas estejam de tocaia, esperando a gente.

Então tá. Há um momento em que os presentinhos já estão todos comprados, as listas já estão todas assinadas e você já está com mais ponto perdido na tabela do que o time do Taubaté. Deve pra cachorro, mas vai dever mais.

Vai dever mais porque faltam os cartõezinhos de apelação. A campainha toca, você abre para saber quem está batendo e é o lixeiro. Ele não diz nada. Entrega um envelopezinho, a gente abre e lá está o versinho: "Mil votos de Boas Festas / Seja feliz o ano inteiro / É o que ora lhe deseja / O vosso humilde lixeiro".

E o vosso humilde lixeiro espalma sorridente a estira que a gente larga na mão dele. Meia hora depois a campainha toca. Desta vez — quem sabe? — é uma cesta de Natal que um bacano teve a boa ideia de enviar. Mas qual. É o carteiro, fardado e meio sem jeito, que passa outro cartãozinho de apelação. A gente abre o envelope e lá está: "Trazendo a correspondência / Faça frio ou calor / Vosso carteiro modesto / Prossegue no seu labor / Mas a cartinha que trás / Nesta oportunidade / É pra desejar Boas Festas / E muita felicidade".

Mas este ano eu aprendi, irmãos! Em 1963 vou comprar diversas folhas de papel (tamanho ofício) e organizar várias listas para as criancinhas pobres aqui de casa. Quando o cara vier com a dele, eu neutralizo a jogada com a minha. O máximo que pode acontecer é ele assinar quinhentos na minha e eu assinar quinhentos na dele... ficando a terceira da melhor de três para disputar mais tarde.

Também vou mandar prensar uns cartõezinhos. Quando o vosso humilde lixeiro ou o vosso carteiro modesto entregar o envelopinho, eu entrego outro a ele, para que leia: "No Inferno das notícias / Mas com expressão seráfica / Eu batuco o ano inteiro / A máquina datilográfica / Por ano que vai entrar / Não me sinto otimista / Mesmo assim, felicidades / Lhe deseja este cronista".

Conforme diz Tia Zulmira: "Malandro prevenido dorme de botina".

Ano-Bom

Felizmente somos assim, somos o lado bom da humanidade, a grande maioria, os de boa-fé. Baseado em nossa confiança no destino, em nossas sempre renovadas esperanças, é que o mundo ainda consegue funcionar regularmente, deixando-nos a doce certeza — embora nossos incontornáveis amargores — de que viver é bom e vale a pena. E nós, graças às três virtudes teologais, às quais nos dedicamos suavemente, sem sentir, amando a Deus sobre todas as coisas e ao próximo como a nós mesmos; graças a elas, achamos sinceramente que o ano que entra é o Ano-Bom, tal como aconteceu no dezembro que se foi e tal como acontecerá no dezembro que virá.

Todos com ar de novidade, olhares onde não se esconde a ansiedade pela noite de 31, vamos distribuindo os nossos melhores votos de felicidades:

Boas entradas no Ano-Bom!

— Igualmente, para você e todos os seus.

E os dois que se reciprocaram tão belas entradas seguem os seus caminhos, cada qual para o seu lado, com um embrulho de presentes debaixo do braço e um mundo de planos na cabeça.

Ninguém duvida de que este, sim, é o Ano-Bom.

Pois se o outro não foi!

E mesmo que tivesse sido, já não interessa mais — passou. E como este é o que vamos viver, este é o bom. Ademais, se é justo que desejemos dias melhores para nós, nada impede àqueles que foram felizes de se desejarem dias mais venturosos ainda. Por isso, lá vamos todos, pródigos em boas intenções, distribuindo presentes para alguns, abraços para muitos e bons presságios para todos:

— Boas entradas de Ano-Bom!

— Igualmente, para você e para todos os seus.

A mocinha comprou uma gravata de listas, convencida pelo caixeiro de que o padrão era discreto. O rapaz levou o perfume que o contrabandista jurou que era verdadeiro. Senhoras, a cada compra feita, tiram uma lista da bolsa e riscam um nome. Homens de negócios se trocarão aquelas cestas imensas, cheias de papel, algumas frutas secas, outras não e duas garrafas de vinho, se tanto. Ao nosso lado, no lotação, um senhor de cabeça branca trazia um embrulho grande, onde adivinhamos um brinquedo colorido. De vez em quando ele olhava para o embrulho e sorria, antegozando a alegria do neto.

No mais, os planos de cada um. Este vai juntar dinheiro, aquele acaricia a possibilidade de ter o seu longamente desejado automóvel. Há uma jovem que ainda não sabe com quem, mas que quer casar. Há um homem e o seu desejo, uma mulher e a sua esperança. Uma bicicleta para o menininho, boneca que diz "mamãe" para a garotinha; letra "O" para o funcionário; viagens para Maria; uma paróquia para o senhor vigário; um homem para Isabel — a sem pecados; Oswaldo não pensa noutra coisa; o diplomata quer Paris; o sambista um sucesso; a corista uma oportunidade; muitos candidatos vão querer a presidência; muitas mães querem filhos; muitos filhos querem um lar; há os que querem sossego; dona Odete, ao contrário, está louca pra badalar; fulano finge não ter planos; por falta de imaginação, sujeitos que já têm, querem o que têm em dobro, e, na sua solidão, há um viúvo que só pensa na vizinha. Todos se conhecem com maior ou menor grau de intimidade e, quando se encontram, saúdam-se:

— Boas entradas de Ano-Bom!

— Igualmente, para você e todos os seus.

Felizmente somos assim. Felizmente não paramos para meditar, ter a certeza de que este não é o Ano-Bom porque é um ano como outro qualquer e que, através de seus 365 dias, teremos que enfrentar os mesmos problemas, as mesmas tristezas e alegrias. Principalmente erraremos da mesma maneira e nos prometeremos não errar mais, esquecidos de nossos defeitos e virtudes, os defeitos e virtudes que carregaremos até o último ano, o último dia, a última hora, a hora de nossa morte... amém!

Mas não vamos nos negar esperanças, porque assim é que é humano; nem nos neguemos o arrependimento de nossos erros, embora, no Ano-Novo, voltemos a errar da mesma forma, o que é mais humano ainda.

Recomeçar, pois — ou, pelo menos, o desejo sincero de recomeçar — a cada nova etapa, com alento para não pensar que, tão pronto estejam cometidos todos os erros de sempre, um outro ano virá, um outro Ano-Bom, no qual entraremos arrependidos, a fazer planos para o futuro, quando tudo acontecerá outra vez.

Até lá, no entanto, teremos fé, esperança e caridade bastante para nos repetirmos mutuamente:

— Boas entradas de Ano-Bom!
— Igualmente, para você e todos os seus.

Referências bibliográficas das crônicas utilizadas nesta obra:

1. *Febeapá nº 1 — Festival de besteira que assola o país*. Rio de Janeiro: Editora do Autor, 1966.
2. *Febeapá nº 2 — Festival de besteira que assola o país*. Rio de Janeiro: Sabiá, 1967.
3. *Garoto linha dura*. Rio de Janeiro: Editora do Autor, 1966.
4. *O homem ao lado*. Rio de Janeiro: José Olympio, 1958.
5. *Primo Altamirando e elas*. Rio de Janeiro: Editora do Autor, 1962.
6. *Rosamundo e os outros*. Rio de Janeiro: Editora do Autor, 1963.
7. *Tia Zulmira e eu*. Rio de Janeiro: Editora do Autor, 1961.

Autor e obra

Sérgio Marcos Rangel Porto, o Stanislaw Ponte Preta, nasceu no dia 11 de janeiro de 1923, no Rio de Janeiro.

Sua vocação para o humor despertou cedo, ainda nos tempos de colégio. Foi um menino alegre, de bom humor e um pouco gordinho. Daí seu primeiro apelido: Bolão.

Antes de ingressar no jornalismo e na literatura, Sérgio Porto cursou a Faculdade de Arquitetura até o terceiro ano.

Em 1942, começou a trabalhar no Banco do Brasil, onde ficou durante vinte e três anos.

Ainda bancário, ingressou no jornalismo, fazendo comentário esportivo e reportagem policial. Em 1949, passou a assinar uma coluna na revista *Sombra*.

Passou para o *Diário Carioca* em 1951, onde começou a usar o pseudônimo Stanislaw Ponte Preta. Em 1952, aos 29 anos, casou-se com Dirce Araújo, com quem teve três filhas: Gisela, Ângela e Solange.

Tinha uma extraordinária capacidade de criar e trabalhar, evidenciada a partir de 1949: escreveu também para os jornais

Tribuna da Imprensa, Diário da Noite, O Jornal, A Carapuça (que ele fundou) e para as revistas *Manchete, Fatos e Fotos, O Cruzeiro, Mundo Ilustrado, Revista de Música Popular* etc. Trabalhou nas rádios Mayrink Veiga e Guanabara, do Rio, como comentarista esportivo e produzindo textos humorísticos; na televisão foi apresentador de programas, redator e locutor de noticiosos; escreveu ainda revistas teatrais, *shows* para televisão e boates, diálogos e argumentos para filmes etc.

Em julho de 1968, sofreu uma tentativa de envenenamento, durante o seu "Show do Crioulo Doido". Pouco tempo depois, em 30 de setembro do mesmo ano, morreu no Rio de Janeiro, aos 45 anos de idade, vítima de um terceiro infarto, no pleno apogeu de sua atividade literária.

Obras do autor: *Pequena história do jazz* (ensaio), 1953; *O homem ao lado* (crônicas), 1958; *Tia Zulmira e eu* (crônicas), 1961; *Primo Altamirando e elas* (crônicas), 1962; *Rosamundo e os outros* (crônicas), 1963; *A casa demolida* (crônicas), 1963; *Garoto linha dura* (crônicas), 1966; *Febeapá nº 1 — Festival de besteira que assola o país* (crônicas), 1966; *Febeapá nº 2 — Festival de besteira que assola o país* (crônicas), 1967; *As cariocas* (novelas), 1967; *Na terra do crioulo doido* (crônicas), 1968.